主编 凌翔　　　　　　　当代著名作家美文自选集

人间有味是清欢

陈鲁民 著

民主与建设出版社
·北京·

© 民主与建设出版社，2019

图书在版编目(CIP)数据

人间有味是清欢 / 陈鲁民著. —北京：民主与建设出版社，2019.12

ISBN 978-7-5139-2770-3

Ⅰ.①人… Ⅱ.①陈… Ⅲ.①散文集—中国—当代 Ⅳ.① I267

中国版本图书馆 CIP 数据核字（2019）第 248105 号

人间有味是清欢
RENJIAN YOUWEI SHIQINGHUAN

出 版 人	李声笑
著 者	陈鲁民
责任编辑	周佩芳
封面设计	陈 姝
出版发行	民主与建设出版社有限责任公司
电 话	（010）59417747　59419778
社 址	北京市海淀区西三环中路 10 号望海楼 E 座 7 层
邮 编	100142
印 刷	唐山楠萍印务有限公司
版 次	2020 年 1 月第 1 版
印 次	2020 年 1 月第 1 次印刷
开 本	710 毫米 × 1000 毫米　1/16
印 张	13
字 数	200 千字
书 号	ISBN 978-7-5139-2770-3
定 价	49.80 元

注：如有印、装质量问题，请与出版社联系。

目 录

第一辑　长河记微

此地甚好　002

怀念那些"迂腐"的人　006

东林六君子的喉骨　009

从子都之死说起　012

孤意已决　015

无奈的"自污"　018

刺客与历史　021

说避寿　024

选择性失忆　027

癞蛤蟆第十三号　030

士可杀，亦可辱　032

低头一拜屠羊说　035

罗振玉为何不殉节　038

连妓女都不如　041

西门庆为何转变"官念"？　044

"前半截"与"后半截"　047

不得罪小人　050

梁启超不捧场　053

第二辑　人间有味

　　人要活"够本"　056
　　是君心绪太无聊　059
　　人和人不要靠太近　062
　　主角与配角　065
　　人生不过几碗酒　068
　　与世有争　071
　　人生六"晃"　074
　　给自己找个对手　077
　　人得怕点什么　080
　　做个普通人挺好　083
　　每个人都是独一无二的　086
　　根本没人注意你　089
　　我想和你聊天　092
　　抢戏　095
　　何妨以植物为师　098
　　读读《宽心谣》　101

第三辑　千古寸心

　　美景与美文　106
　　沾点"文气"　109
　　谁能和钱钟书玩到一起？　112
　　文坛催产士　114

冒乌烟与吐光芒　117
大师的"文笔"问题　120
向孟子学杂文　123
你有代表作吗？　126
"走红"的术与道　129
画犹如此　132

第四辑　成功秘诀

一万小时定律　136
别和成功贴太近　138
先改变自己　141
苦难是谁的财富？　144
有舌头就够了　147
一技之长　150
大出息·中出息·小出息　153
成功，便是大胆举手　156
拴象的木桩　159
培养点"逆商"　161
学学"蚌病生珠"　164
要坐对"椅子"　167
成功的"绝招"　170

第五辑　杂花生树

"有钱"与"值钱"　174
抠门　177
亚美女与亚帅哥　180
还是"环肥燕瘦"好　183
"宝马里哭"与"自行车上笑"　185
被狗咬了之后　187
宁可相信有"天国"　189
疗妒有方　191
白日梦　194
话说"暖男"　197
咱们缺点什么？　200

第一辑　长河记微

此地甚好

1935年6月18日上午10时许，福建长汀中山公园。

阴云密布，天低风急，大有山雨欲来风满楼之势。从监狱到公园路上，军警林立，戒备森严，公园里空无一人，连鸟雀也停止鸣叫，十分寂静。瞿秋白没有像一般死囚犯那样戴着手铐脚镣，被押送来到中山公园的一个八角亭前，亭子里石桌上已摆放小菜四碟，美酒一坛。看到其中一盘小葱拌豆腐，秋白不禁莞尔，他想到自己《多余的话》里最后一句话，"中国的豆腐也是很好吃的东西，世界第一。"

秋白坦然坐下，自斟自饮，谈笑自若，神色无异。他虽身体羸弱，但素来不怕劳累，即在狱中也难得清闲。入狱的三个多月里，每日读书写字，写下数十首诗词，刻了六七十个印章——他是个著名篆刻高手，还呕心沥血写下长达数万字的《多余的话》，很是辛苦。今日终得解脱，于是边饮边言："人生有小休息，有大休息，今后我要大休息了。我们共产党人的哲学就是鞠躬尽瘁，死而后已。"秋白酒量不大，平时少饮，几杯过后，脸上已露出微微红颜。"花看半开，酒至微醺"，秋白很觉惬意，不由得思绪万千，想到自己前夜的一个梦。

　　头天晚上，36师参谋长奉命把蒋介石的处决密令暗示给他，又喋喋不休地游说，期望他能在最后时刻回心转意。然而，瞿秋白同往日一样，沉静、安详，答曰："我死就死，何必讲这些呢。"6月18日清晨，瞿秋白起床，梳洗后，静静地坐在桌前，点上烟，喝着茶，翻阅着唐诗，吟读、思索，写下他的这个梦境："一九三五年六月十七日晚，梦行小径中，夕阳明灭，寒流幽咽，如置仙境。翌日读唐人诗，忽见'夕阳明灭乱山中'句，因集句得《偶成》一首：'夕阳明灭乱山中，落叶寒泉听不穷。已忍伶俜十年事，心持半偈万缘空。'方欲提笔录出，而毕命之令已下，甚可念也。秋白曾有句：'眼底云过尽时，正我逍遥处'，此非词谶，乃狱中言志耳。"这是瞿秋白人生最后一个梦境，也是他的绝笔。

　　酒足饭饱，狱卒撤去酒菜，瞿秋白坦然正其衣履，到公园凉亭前拍了遗照。他身穿黑色对襟衫和白布低膝短裤、脚上是黑线袜和黑布鞋，——这一身都是爱妻杨之华给他置办的，几十年后，就是从衣服上的两颗黑扣子才辨认出了瞿秋白的尸骨。他背着两手，昂首直立，恬淡闲静之中流露出一股庄严肃穆的气概。

　　他想到了挚友鲁迅。被捕以后，瞿秋白身份还没有暴露，就给鲁迅写信，信中暗示他是一个医生，原来是国民党的医生，被俘虏以后呢，就给红军当医生，提供这样一个假口供，看能不能营救他。依他对鲁迅的了解，鲁迅如果接到信绝不可能袖手旁观，可是为什么没有消息呢？他不知道，鲁迅收信后就立即筹了50块大洋，准备保释。但是这个事情还没有来得及做，叛徒就出卖了瞿秋白，营救也就成为不可能。许广平回忆说："秋白逝世以后，鲁迅在很长一个时期内悲痛不已，甚至连执笔写字也振作不起来。"鲁迅支撑着病体，亲自编辑出版瞿秋白的译文集《海上述林》，这成为鲁迅生命最后时间里的一项重要事情。当这项工作完成后，鲁迅备感宽慰，十几天后便溘然长逝。在这套印制精美的书中，赫然印着"诸夏怀霜社"的字样。其中的"霜"字取自秋白曾用过的名字"瞿霜","怀霜"寄托了鲁迅对战友和至交无尽的怀念。

还有瞿独伊,我可爱的女儿,还在万里之外的莫斯科国际儿童院,今年已14岁了,成大姑娘了,好几年没见到她,也不知怎么样了?瞿秋白想。独伊不是瞿秋白的亲生女儿,却被瞿视如己出,关系非常密切,独伊也很喜欢继父,称他是"好爸爸"。他在给妻子的一封信中曾这样写道:"独伊如此的和我亲热了,我心上极其欢喜,我欢喜她,想着她的有趣齐整的笑容,这是你制造出来的啊!之华,我每天总是梦着你或独伊。"入狱后,瞿秋白将自己准备要写的文章列了一个目录,其中有一个题目就叫做《独伊》。他会怎样写自己的小女儿呢?独伊永远无法知道文章的内容了,但她永远记得爸爸在《多余的话》里的祝福:"我还留恋什么?这美丽的世界的欣欣向荣的儿童,'我的'女儿,以及一切幸福的孩子们。我替他们祝福。"

尔后,瞿秋白在一队刀兵严密环护下,慢步走向刑场。刑场在长汀西门外罗汉岭下蛇王宫养济院右侧的一片草坪,距中山公园二华里多。倘是怕死的人,不要说步行两华里,就是二十米也无法走,恐怕是要被人拖行的。而这个来自江南水乡的书生,却能从容赴死,毫无惧色。从投身事业的那天起,他就有这样的思想准备,今天的赴汤蹈火,不避斧钺,"虽千万人吾往也",这就是信仰的力量。

路上,瞿秋白手挟香烟,顾盼自如,缓缓而行。继而用俄文高唱《国际歌》《红军歌》,慷慨激昂,响遏行云,如同渡过了易水的荆轲,引得路旁行人纷纷驻足观望,赞叹不已。到了罗汉岭下,只见绿草如茵,碧树成荫,他自己找了块空地面北盘足坐下,远眺山林,目光灼灼,心里默默想着"这世界对于我仍然是非常美丽的。一切新的、斗争的、勇敢的都在前进。那么好的花朵、果子,那么清秀的山和水,那么雄伟的工厂和烟囱,月亮的光似乎也比从前更光明了。但是,永别了,美丽的世界!"又回头看了看行刑者,点头示意说:"此地甚好"。

　　行刑者竟然手有些哆嗦,枪都拿不稳了,引来监刑官一阵训斥。随后,秋白高呼口号,枪声骤然响起,秋白前胸中弹,从容就义。鲜血染红了绿草,山河失色,大地呜咽,烈士走向永恒,英名写进千秋史册。

　　此地甚好,蓝天白云作证;此地甚好,松涛阵阵回响。伫立在瞿秋白纪念碑前,我在想,如果有朝一日,或为信仰,或为正义,或为真理,也需要我们喋血献身时,能不能像秋白那样,镇定自若,视死如归,择一处草坪,盘膝而坐,从容地说一句——此地甚好。

怀念那些"迂腐"的人

1938年9月，云南省主席龙云最宠爱的女儿报考西南联合大学附中落榜。龙云让秘书长去找校长梅贻琦疏通。因为梅贻琦在主持西南联合大学时得到过龙云许多帮助，他们关系很好。但秘书长为难地欲言又止，龙云发怒道："你还不快去！"秘书长小声地回答说："我打听过了，梅校长的女儿梅祖芬也没有被录取。"龙云顿时愕然气消，从此不再提及此事，让女儿上了一所普通中学。有人曾说梅校长太迂腐，如果得罪了龙云，西南联大很多事情都不好办了。幸亏，"迂腐"的梅贻琦遇到有君子之风的龙云，并没有影响相互关系，龙云对西南联大的支持依然如旧。

还是在西南联大时期，梅贻琦千辛万苦向教育部要来一笔学生补助金，按规定，他家四个孩子都有资格申请，可是他却一个不准沾边，就是为了避嫌，不让人说闲话。其实，那个时候他的家用相当拮据，早已捉襟见肘，寅吃卯粮，可他宁肯举债，变卖家产，或让夫人磨米粉，做米糕，提篮小卖去补贴家用，也不涉"瓜田李下"之地。

又过了几年，也就是1946年，梅贻琦的女儿梅祖芬到了上大学的年龄，结果考分与清华的分数线差了两分。同学们劝他找爸爸说说，梅祖芬摇摇头：没门儿，想都不要想，我可知道这个倔老头！她老老实实地选择了复读，第二年考入清华外语系。

巧的是，同是1946年，大名鼎鼎的文学院院长冯友兰的女儿冯钟璞与建筑学院院长梁思成的女儿梁再冰也考清华失利，她们也都坦然接受落榜现实，没有请求父辈去走后门，因为她们知道，他们的父辈也都是些"迂腐"的人，把操守名节看得比生命还重要，绝不肯干出苟且之事。结果是，冯钟璞只好在第二志愿南开大学外语系念了一年，1947年以同等学力考上了清华大学外语系二年级，梁再冰则不得不"屈就"到了录取分数略低于清华的北大西语系读书，成了终生遗憾。

还有一位很"迂腐"的老头叫翁独健，是著名历史学家、教授，还兼任北京教育局局长。她的宝贝女儿翁如璧没有考取第一志愿清华大学建筑系，而考上第二志愿天津大学。平时有点傲气的她大哭一场，非要爸爸帮她想办法上清华。她认为凭爸爸教育局局长的关系，能走走门路。但爸爸说："正因为我是教育局局长，更不能那样做。"他劝如璧上天津大学，并勉励说："只要自己努力，上哪个大学都能出人才。"如璧看托爸爸转学没门儿，才乖乖地离开北京去了天津。

被誉为清华四大哲人之一的潘光旦，也是"迂腐"之人。解放初年，他曾接高教局指令，责其办理最高法院院长沈钧儒之孙到清华旁听事宜，时任教务长的潘光旦按章办事，毫不通融，直接拒绝。早在20世纪30年代中叶，安徽省主席刘镇华致函潘光旦，想让两个儿子入校旁听。但清华定规是不设旁听，潘就拒绝过："承刘主席看得起，但清华之被人瞧得上眼，全是因为它按规章制度办事，如果把这点给破了，清华不是也不值钱了吗？"

正是他们的"迂腐"，不肯变通，不媚时宜，才保证了制度的可靠，保证了公平公正，保证了公信力的权威，保证了大学的尊严。我们一直在羡慕那些已经故去大师名家的学问，但却往往忽略了他们的德行，事实上，他们不仅学贯中西，满腹经纶，为学界泰斗权威；而且品德高尚，操守严谨，是做人行事楷模。古人历来崇尚"大上有立德，其次有立功，其次有立言"的三不朽，这三立皆重要，皆不易，但最重要的还是立德，尤其是在凡事皆可"变通""拼爹"明目张胆、"关系"攻无不克的当下，我们愈发认知到这一点，也愈发怀念那些"迂腐"之人。

东林六君子的喉骨

明末东林党人,是中国历史上一群最勇敢的人,也是中国知识分子的光辉楷模,在昏暗荒唐颓败的明末,以他们的良知和不屈抗争,给了腐朽政权的黑暗统治有力的一击。虽然东林党的英雄志士最后大多或身陷囹圄,或被迫害致死,但其伟大精神和坚强意志,不仅深深感动了人民,也令政敌魏忠贤们胆战心惊。

"东林六君子"杨涟,忠心报国,力战"阉逆",史家评价他"为人磊落负奇节"。他在狱中写下了著名的《狱中绝命辞》:"涟今死杖下矣,痴心报主,愚直雠人,久拚七尺,不复挂念。不为张俭逃亡,亦不为杨震仰药,欲以性命归之朝廷……持此一念可以见先帝于天,对二祖十宗,皇天后土,天下万世矣!大笑大笑还大笑,刀斫东风,于我何有哉!"然而,就是这样一位"大笑大笑还大笑"的英雄人物,他的死状却是无比凄惨的:"土囊压身,铁钉贯耳",尸体被领出时,竟已全部溃烂,惨不忍睹。等到收殓时,仅得破碎血衣数片,残骨数根。(《东林列传》卷三《杨涟传》)

"东林六君子"中的魏大中死后，魏忠贤不许下葬，一直拖了六天才准许从牢中抬出，尸体实际上已骨肉分离，沿途"臭遍待衢，尸虫沾沾坠地。"还有铮铮傲骨不逊于杨涟的忠毅公左光斗，当史可法看到他"骨断筋折、血肉俱脱"，却依然以死相抗、誓不屈服时，由衷敬佩地叹一声"吾师乃铁石铸造之肺腑也"。（《明史·左光斗传》）

杨涟等"六君子"被惨害身死后，魏忠贤仍不肯罢休，命令打手们用利刀将他们的喉骨剔削出来，各自密封在一个小盒内，直接送给魏忠贤亲验示信。面对英烈的喉骨，魏忠贤得意洋洋道：诸公别来无恙，还能上书否？天启四年（1624）六月一日，杨涟在奏疏中列举了魏忠贤的二十四条罪状，揭露他迫害先帝旧臣、干预朝政、逼死后宫贤妃、操纵东厂滥施淫威等罪行，最后指出魏忠贤专权的恶果是"致掖廷之中，但知有忠贤，不知有陛下；都城之内，亦但知有忠贤，不知有陛下"。请求熹宗"大奋雷霆，集文武勋戚，敕刑部严讯，以正国法"。杨涟此疏，如雷霆万钧，击中魏忠贤的要害。魏惊恐万状，慌忙跑到熹宗面前哭诉其冤，蒙混过关。所以他对杨涟恨之入骨，必置之死地而后快。这还不解恨，他竟然把杨涟等"六君子"的喉骨烧化成灰，与太监们一齐争吞下酒。流氓嘴脸，小人心态，由此可见一斑。

为什么对六君子的几块喉骨如此深恶痛绝？《东林悲风》的作者夏坚勇说得精彩："就因为它生在仁人志士的身躯上，它能把思想变成声音，能提意见，发牢骚，有时还要骂人。喉骨可憎，它太意气用事，一张口便大声疾呼，危言耸听，散布不同政见；喉骨可恶，它太能言善辩，一出声便慷慨纵横，凿凿有据，不顾社会效果；喉骨亦可怕，它有时甚至会闹出伏阙槌鼓、宫门请愿那样的轩然大波，让当权者蹀躞内廷，握着钢刀咬碎了银牙。"

因而，在中国五千年历史上，从发出"天问"的屈原到为李陵辩护的司马迁，从在宣武门外鼓动学潮的太学生陈东到哭庙抗议的金圣叹，从不肯沉默的鲁迅到宁鸣而死的闻一多，从建言上书的胡风到孤军奋战的马寅初，从"一鸣惊人"的遇罗克到不肯闭嘴的张志新，酿成自己人生悲剧的都是这块不安分的喉骨，同样，创造自己人生辉煌的也仍是这块不屈服的喉骨。

从根上来说，古今中外的知识分子之所以被称为"社会的良心"，关键就在于有"两骨"：一为脊梁骨，一为喉骨。能顶天立地，不卑不亢，是因为有了坚强的脊梁骨；能为民请命，为国分忧，则是因为有了喉骨。脊梁骨容易被压垮，禁锢、流放、宫刑、杀头，都可奏效。不让喉骨发音，也各有高招，或用毒酒捂住了苏格拉第的嘴，或用火刑逼着布鲁诺封口，或把不肯噤声的耶稣钉在十字架上等，但把杨涟等"六君子"的喉骨烧化成灰，与酒同饮，无论如何也是一绝，从这个意义上来说，魏忠贤还真不是个"一般人物"呢。

从子都之死说起

子都是郑国大将,骁勇无比,容貌俊美,但心胸狭隘,非常骄横。郑庄公为出征点兵选将,在校场阅军。用锦做成一面大旗,一丈二尺见方,竿长三丈三尺。庄公传令,谁能举起大旗,走路如常,就拜为先锋。大将瑕叔盈先利索地举起大旗,军士喝彩。大将颖考叔又举起大旗,左旋右转,舞动得呼呼生风。庄公大喜:真是虎将啊,当拜为先锋。子都不服气,出场与颖考叔相争,未能得逞,被庄公劝住,因而满腹怒气,怀恨在心。

战斗打响后,颖考叔作战勇敢,夹着大旗,纵身一跳,先登上敌城,眼看要夺头功。这更让子都嫉妒,他偷偷瞄准了颖考叔,"嗖"地发了一支冷箭。颖考叔应声而倒。郑庄公归国后,深恨射杀颖考叔的人,便准备了祭品,招巫师写了祝文诅咒。将士们也议论纷纷,义愤填膺。最后,子都在千夫所指中无地自容,抱愧自杀。

子都之死,根子就是因为嫉妒。身为大将,理应胸怀开阔,光明磊落,能容人容事,善学人长处,听上级指挥,与同事和谐,方可领兵打仗，冲锋陷阵，攻城拔地。一旦有了嫉妒之心，又不能加以控制，任其恶意发展，就很难在一个集体中正常生存，更谈不上与大家同舟共济，平时与人格格不入，战时也难与战友生死与共，可谓军人之大忌。

莎士比亚的著名悲剧《奥赛罗》里，也有一个极端嫉妒的军官伊阿古，他嫉妒将军奥赛罗的英勇善战，屡建功勋，嫉妒奥赛罗的崇高威望，广受拥戴，嫉妒奥赛罗的美满爱情，伉俪情深。先是向元老告密，又挑拨奥赛罗与妻子的感情，说另一名副将凯与他妻子关系不同寻常，并伪造了所谓定情信物等。奥赛罗信以为真，在愤怒中掐死了自己的妻子。当他得知真相后，悔恨之余拔剑自刎，倒在了妻子身边。

这种人物在文学作品里很多，如《三国演义》里的周瑜、马超、吕布，《说唐演义》里的罗成，《七侠五义》里的白玉堂，《东周列国志》里的庞涓，《水浒传》里的王伦等。他们或武艺高强，本事出众，或本领一般，技能平庸，但都有个致命缺陷：心胸狭隘，嫉贤妒能。他们往往容不得别人比他强，想方设法要坏别人的事，最典型的就是周瑜的"既生瑜，何生亮"，多次企图陷害事事高他一筹的合作者诸葛亮，却每每弄巧成拙，"赔了夫人又折兵"，最后活活气死。

《心理学大辞典》中说："嫉妒是与他人比较，发现自己在才能、名誉、地位或境遇等方面不如别人而产生的一种由羞愧、愤怒、怨恨等组成的复杂的情绪状态。"每个人都多多少少会有点嫉妒情绪，这也很正常，关键是不要让这种情绪放大、失控，由隐形变为显性，由心理活动变为实际行动。即所谓羡慕嫉妒不要转化为恨，不要将一般的嫉妒心理变为贬低、排斥、敌视的心理状态。

尤其是军人，更要努力克服嫉妒心理，做到心胸开阔，光明磊落，这是武德的基本内容之一，也是打胜仗的重要思想基础。因为嫉妒是破坏团结、涣散力量的腐蚀剂，而军队是靠集体力量来获胜的团体，需要密切协作，精诚团结，将尽所能，兵尽其勇，方可克敌制胜。争强好胜固然是军人的应有性格，是有血性的表现，但军队毕竟不是个人英雄主义的舞台，因而每个人都要努力建功立业，争创佳绩，另一方面也要力戒嫉妒心理作祟，防止妒火中烧，以免影响军队建设大局。

  开阔心胸襟怀，淡看名利得失，提高思想境界，端正人生态度，是治疗嫉妒病的四味良药。

孤意已决

看到一个颇有意思的谜语，谜面是"孤意已决——打一现代作家名字"。谜底是"王愿坚"，就是写过《党费》《七根火柴》《闪闪的红星》的那个著名作家。谜语很贴切也很巧妙，"孤意已决"，就是王的愿望很坚决。

《三国演义》里，孙权接到曹操的挑战书，是战是降，群臣吵成一片，莫衷一是，而他寄予厚望的重臣张昭，要求投降的嗓门最高，让他很失望。最后，孙权在鲁肃、周瑜等人的劝说下，反复权衡利弊得失，下了决心：孤意已决，再言降者如同此案！拔出宝剑把书案剁去一角。于是，在"愿望很坚决"的孙权的支持下，才有了轰轰烈烈的火烧赤壁，"谈笑间樯橹灰飞烟灭"。

孤意已决，就是说你们别吵了，我已经想好了，而且"愿望很坚决"，就这么办！这固然能体现帝王的权威与魄力，但把军国大事的最后决定权寄托在帝王个人的智慧和判断上，却往往是靠不住的，如果是个天纵英明的帝王还好，做出正确的决策的可能性较大，倘若遇到个昏聩无能且又刚愎自用的帝王，那就麻烦大了，国家危亡、民族兴衰，都可能在"孤意已决"的昏昏然、飘飘然中被决定了命运。

　　隋炀帝就是典型一例。他好大喜功，靠不光明手段上台后，急于树立自己权威，苦无良策，就想出了伐高丽的昏招，虽然朝野很多人反对，再三对他陈明利害，但杨广却一意孤行：孤意已决，这仗非打不可！结果，三伐高丽，不仅损兵折将达百万，国家多年积累起来的财富消耗一空，而且连年穷兵黩武又激起各地民众起义，一时间，遍地烽火，处处狼烟，隋炀帝很快就亡国殒命。

　　再有，赵王"孤意已决"，硬要起用纸上谈兵的赵括替代老将廉颇，长平一战，40万赵军成为野鬼孤魂；刘玄德"孤意已决"，发百万大军为兄弟报仇，被小将陆逊火烧连营，一败涂地；宋高宗"孤意已决"，杀掉了抗金大将岳武穆，自毁长城；自作聪明的崇祯帝"孤意已决"，将国家栋梁袁崇焕凌迟处死，无异于自掘坟墓；野心勃勃的袁世凯"孤意已决"，要黄袍加身，结果遗臭万年。可见，"孤意已决"，一和无知、偏见、私欲结伴，那就会死无葬身之地。

　　当然，也有正确的"孤意已决"。1867年，阿古柏在新疆闹独立，朝廷对此争论不休，以李鸿章为首的"海防派"主张放弃新疆，理由是那地方是不毛之地，荒无人烟，不要也罢。左宗棠等则据理力争，驳斥李鸿章的谬论。吵了几天，也没个结论。最后，慈禧太后"孤意已决"，支持左宗棠的主张，这才平息争论，有了左宗棠率兵收复新疆的壮举。平心而论，西太后一生昏庸，就在这件事情上不失精明，如果没有老太婆的"孤意已决"与左宗棠的一柱擎天，今天我们去新疆恐怕就不那么方便了。

　　其实，"孤意已决"，不光是昔日帝王的爱好，今天的很多小国之君、单位头头，也颇喜欢"孤意已决"，在用人提拔、投资决策、发展方向等问题上，往往搞一言堂，家长制，一个人说了算。这样做的确很痛快，一拍脑袋，事就这么定了！但这既违反了民主集中制，从科学决策的角度来看也是很不靠谱的，毕竟一个人再聪明，也不如集体的智慧更可靠，一个人再博学多闻，也不如集体的学识更深厚全面，所以，靠"孤意已决"，固然可以有火烧赤壁的正确决策，更可能有三伐高丽的昏招，火烧连营的惨败，甚至还可能会有"红区损失百分之九十，白区损失百分之百"的悲剧。从古到今，国人吃这样的亏太多了，殷鉴不远，大概我们还没那么健忘吧。

无奈的"自污"

　　旧时，官场有一种很奇怪的风气，明明是行为高洁、自律很严的官员，为了不被主子猜忌，或为不被同僚边缘化，不得不往自己身上泼污水，自毁名声，以求自保。

　　秦始皇在扫平北方列强后，南方还剩一个楚国在苟延残喘，他就派大将王翦带60万人马灭楚。王翦原本是个淡泊清高的人，但在临出发时，却一反常态，请求赐予许多良田、美宅、园林池苑等。秦始皇说："将军尽管上路好了，何必担忧家里日子不好过呢？"王翦说："替大王带兵，即使有功劳也终究难以得到封侯赐爵，所以趁着大王特别器重我的时候，我也得及时请求大王赐予园林池苑来给子孙后代置份家产吧。"秦始皇听了哈哈大笑起来。王翦出发后到了函谷关，又连续五次派使者回朝廷请求赐予良田。有人说："将军请求赐予家业，也太过分了吧。"王翦说："秦王性情多疑。现在倾全国之兵委托给我，我如果不用多多请求赏赐田宅来表示自己出征的坚定意志，秦王就会怀疑我另有异志，那就麻烦大了。"凯旋之后，王翦分文不少地退还了封赏，总算是还了自己一个清白。

到了刘邦登场,生性慵懒的他把定国安邦的大事一股脑地交给了丞相萧何。萧何也就兢兢业业地干活,老老实实地工作,长年在外辛劳奔波,代天子行事,让刘邦享受生活。刘邦隔三差五地派人来细问萧何饮食起居,什么吃饭啊睡觉啊喝茶啊出恭啊一一问到。让萧何感动的不得了,工作更有劲,律己更严格。但有心机深者点拨说:你以为高祖关心你的健康,他更操心的是怕你有取而代之的野心啊!一句话,萧何如梦方醒,惊得半天没缓过神来。从此以后,他故意拖延朝政,还时不时地指使下人侵扰邻居,强买强卖,放高利贷等,给自己形象抹黑。消息传到刘邦那里,他终于释怀,看来萧何这小子和我一样,也是个喜欢金钱美女的凡夫俗子,这种人有啥可怕的?这以后,君臣相得,刘邦放心萧何也就安心了。

晚清时期,曾国藩哥俩一起发力,带领湘军为镇压太平天国运动立下大功,曾国藩被封侯,曾国荃当总督,一时间权倾朝野,门生故吏遍布全国。清廷对权重势大的曾国藩极度猜忌,怕他有非分之想——也确有人劝他效司马懿代曹之举。曾国藩为表明心迹,一向谨慎自律的他做出了很多有违个人准则的事:刊印《家书》招摇于世;在咸丰帝大丧期间,偷偷娶小妾;高调请人喝酒;频繁受人礼品等。其实,明眼人一望可知,这是曾国藩为求自保而故意自污,他想借此给人印象,他也是一个贪图享受、胸无大志的庸常之辈,根本不值得皇上睡不着觉。曾国藩的心机还真没白费,基本上打消了皇室的猜忌,安安稳稳得到善终。

十年文革,是自污的高峰。艺术大师被迫自污是"反动权威",著名教授被迫自污是"残渣余孽",科学家被迫自污是"外国特务",就连郭沫若那样的高官兼大学者,也不得不违心地说自己以前的作品都是垃圾,没有一点价值,都该一把火烧掉。无他,都是为了自保,人在屋檐下,不得不低头。

清代李汝珍小说《镜花缘》里，有一个以美为丑、以丑为美的国度，美男子唐敖被当成奇丑的人而受尽歧视，后来，他学当地人用泥灰自污面目，居然被当成大帅哥而红极一时。这个故事是虚构的，但反映出的现象却是实际存在的，王翦、萧何、曾国藩、郭沫若等人的自污，都是无奈被逼的案例。可见，在某些特定环境、氛围里，不仅是做人"水至清则无鱼，人至察则无徒"，有被孤立的危险；而且往往非自损无以立身，不自污无以自保，确实有些逼良为娼的意味，这也是人生悲剧啊。

刺客与历史

刺客，现在叫杀手。刺客多是不起眼的小人物，但能量却很大，有时也能改变历史。李白曾描述他们是："十步杀一人，千里不留行；事了拂衣去，深藏身与名。"

司马迁的《史记》里，专门开了一个"刺客列传"栏目，浓墨重彩地推介了几个著名刺客。一个是吴国的专诸，因谋刺成功，使吴王阖闾成功复位，最后建成一个强大王国，也列入春秋霸主行列。再一个是荆轲，虽然他前期做了许多准备，其间还有许多故事发生，但终因"临门一脚"失误，没有完成历史使命，自然也就没有挡住秦始皇统一天下的步伐。专诸的奋力一刺，改变了吴国的历史；荆轲则因学艺不精，则没有创造历史。

清朝末年，革命党人迷信暗杀效果，纷纷以当刺客为荣，甚至包括蔡元培、陈独秀、章太炎等一些大学者，都热衷于通过暗杀来改变历史。最轰动的一次是汪精卫奉命刺杀摄政王，如果成功，杀掉顽固守旧的载沣，或许能使清廷加大改革步伐，最终走向君主立宪之路，那么，辛亥革命还搞不搞都很难说了。可惜，在安置炸药时，被晚上一个出来小便的人撞上，惊动了夜巡的士兵，使得这次刺杀失败，汪精卫也入了大狱，险些丢命。

再有一次，是刺杀袁世凯。刺客扔过去三颗炸弹，声响不小，却只炸死了袁的几个部下，老袁毫发无损。于是就有了后来袁的称帝，开历史倒车，并造成了北洋军阀的分裂，引起后来数十年的军阀混战，国家大伤元气。

我们的北方邻国俄罗斯，也有两次著名的刺杀而改变了历史。1918年8月30日，列宁被女刺客打中三枪，使他至少减寿十年，从而导致他的颇为成功的新经济政策夭折，也没有来得及从容考察安排接班人，结果是他不太满意的斯大林接管了大权，而他欣赏的布哈林、托洛茨基、季诺维也夫则受到清洗，所以，这一天也被历史学家称为"俄罗斯历史上致命的一天"。

另一次是州委书记基洛夫的被刺。1934年12月1日，列宁格勒州委书记基洛夫被刺，使得原本就疑神疑鬼的斯大林更相信自己的身边到处都是特务和反革命，于是发动了大规模的肃反运动，使数百万精英死于非命，各军区、海军、空军的司令员、集团军的军长等高级指挥官大部分被杀，海军舰队司令员只剩下1名。在415名师、旅长中，有296人被处决。以至于后来遭到希特勒突然袭击时，竟然找不出合适的将帅来带兵打仗。

不过，刺客改变历史的现象只有在强人政治、独裁社会里才会发生，而在一个民主国家里，刺客的作用就远没那么大了。美国历史上虽然发生了多起刺杀总统成功的事例，但基本上没有影响美国历史的走向。林肯主张解放黑奴被刺，但黑奴解放的浪潮依然向前强力推进；肯尼迪、里根也先后遇刺，但美国的内外政策基本没什么大的改变。这主要是因为在这样的国家里，个人权力和影响受到种种限制，没有那种一言兴邦一言丧邦的个人魅力，杀了一个，再换一个，其结果还是差不多。专制国家则不然，二战时，有过几次刺杀希特勒的行动，可惜都没成功，倘若成功了，那改变的就不仅仅是德国的命运，整个世界的历史恐怕都要重写了。

刺客种类很多，目的也大相径庭。或为金钱，这是多数刺客的最原始冲动；或为出名，刺杀里根总统的辛克利就是为了出名而引起他追求的女影星的注意；或为情义，专诸、聂政、豫让都是此类；或为政见，如刺杀马拉、刺杀林肯、刺杀马丁·路德·金；或为复仇，如施剑翘刺杀孙传芳。真正清醒而有意识地为改变历史而动手的，如荆轲刺秦、徐锡麟刺杀巡抚恩铭、吴越刺杀清廷出国考察的"五大臣"、汪精卫刺杀摄政王等，不管成功与否，对历史起到多大作用，其勇气与胆识都是值得敬佩的。

说避寿

旧时有名人避寿之说，俗称"躲生"。即某人在寿辰时节外出，以躲避亲友的庆贺，这种风俗始于元代，清朝时已很盛行。清人俞樾《春在堂随笔》记："盖世俗作寿，必於逢九逢十之年。先生（袁枚）两年出游，皆为避寿计。其中载一诗云：'到处探奇逢地主，避人作寿走天涯。'是其证也。"

避寿有很多原因，或是受祝者喜安静、厌喧闹；或是受祝者为避免劳亲动友、铺张浪费；或是廉洁官员，为了阻止巴结逢迎者乘机馈赠厚礼；或是为示范风气，表示脱俗、与众不同等。

阮元是清朝屈指可数的名相硕儒，有"一代名儒、三朝阁老、九省疆臣"之誉，被尊为一代文宗。他从40岁就开始避寿，一直避到86岁，从未庆过一次生日，未收过丝毫礼品。40岁生日这天，时任浙江巡抚的阮元，到海塘工地视察；50岁生日时，他身为漕运总督，在运米船上度过；70岁时，他任云贵总督，生日那天，一个人到船上煮茶、赏雪景，并作《隐山铭》："士高能隐，山静乃寿。"他不仅自己不做寿，也不给夫人做生日，不借机敛财，是有名清官。

1941年11月14日是冯玉祥六十华诞。冯玉祥德高望重，军政界多有门生故旧，早就张罗着要给他祝寿了，他却作"丘八诗"《六十岁的小伙子》一首自勉并谢绝祝寿，刊登在当日《新华日报》上。诗曰："我们的主人，是全国的老百姓。他们是筚路蓝缕，真正的贫穷。他们无论怎样的痛苦，还是供给我们衣食住。饮水要思源，自己要问问自己的良心。方才是六十岁的小伙子，怎么能说是寿？应当赶快努力，去报告主人们。使他们有了好的吃穿住用，那方是尽了抗日公仆的本分。"这日，冯玉祥以"国难当头，概不受贺"为由，外出避寿，到了重庆远郊的乡下，与普通老百姓一起度过了一天。

蒋介石提倡新生活，当然自己也不好意思大规模给自己祝寿，因此曾多次避寿，最著名的一次是1936年去洛阳避寿。蒋介石出生于1887年10月31日，1936年是他的五十大寿，当时，有陈立夫哥俩在带头起哄，各种祝寿活动正在紧锣密鼓地准备着，包括大型演出、捐献战机活动等等，闹得沸沸扬扬。1936年10月22日，在祝寿典礼前一个多星期，蒋介石偕宋美龄飞往西安，10月29日飞赴洛阳。蒋介石此次离开南京的原因，名义上是"避寿"，实际上还有两个目的，一是部署和协调东北军、西北军和中央军的陕北"剿共"；二是检查河南军队沿黄河一线的国防工事修筑情况。可惜，这一次他弄巧成拙，碰上西安事变，险些回不来。

越南领袖胡志明主席，对中国文化很精通，包括避寿这种事也知道。他生于1890年5月19日，每到这一天，越南干部、群众都要通过各种形式为他祝寿。而胡主席则不赞成这样做，1965年5月，他曾对前来为他祝寿的越南领导人说："我感谢大家有这份心意。但在我们全民正艰苦抗战、各项工作都十分紧张的时候，却来为一个人组织这样的祝寿活动，是不应该的。"为此他专程到中国避寿。中国方面尊重他的意愿，在周恩来的精心策划下，在他生日那天，虽然给他举行了很隆重的宴会，也上了寿桃，吃了寿面，但大家都不约而同地回避祝寿这个词，只祝健康，祝胜利，祝友谊，气氛热闹而温馨，也避免了宾主双方的尴尬。

《笑林广记》载，某县令做寿，因其属鼠，众下属集资做了一只金鼠以祝。县令大喜，曰：不日，夫人也要做寿，夫人属牛。一干属下吓倒，面面相觑，叫苦不迭。如今也时时有所耳闻，官员借做寿聚敛钱财，惹得天怨人怒。由此看来，避寿这种良俗还大有提倡之必要哩。

选择性失忆

著名历史学家兼传记文学家唐德刚，曾给很多名人写过传记。他在史学界名气很大，以史料权威、态度认真著称，开创了别开生面的写史方式，是中国口述历史的开创者之一，为后人留下了宝贵的民国历史资料。

不过，他在写作过程中发现一个秘密，他采访过的这些著名民国老人有一个共同特点：全都是选择性失忆，能给自己添彩的事记得清清楚楚，说起来眉飞色舞，而自己不大光彩的事，却"想不起来了"，或"记不清楚了"。他笔下的传主胡适、张学良、李宗仁、顾维钧全一个样儿，一到关键时刻就胡言乱语。

唐德刚回忆说，给李宗仁作《李宗仁回忆录》采访时很搞笑，李宗仁说得正起劲，满嘴喷白沫，唐德刚就不客气地打断："你这段说得不对，1927年你没在这个地方。"李宗仁气得直翻白眼。过一会儿，李宗仁谈兴正浓，唐德刚又打断说："这里面有个事情你没说。"李宗仁就恨得青筋直跳。待唐德刚再打断的时候，李宗仁忍不住怒喝："我说怎样就怎样！"每次都不欢而散。

为给张学良作《张学良口述历史》访谈，唐德刚准备了详尽权威的第一手资料，做足了案头工作。每当张学良骂骂咧咧瞎说一起的时候，他就立刻拿出来资料更正，面对白纸黑字，张学良无话可说，只好支吾嗫嚅道："好吧，可能我记错了，就按你说的来。"

其实，这事也是古已有之。不妨再看看康熙的"回忆录"。1719年，康熙兴致勃勃地告谕御前侍卫："朕自幼至今已用鸟枪弓矢获虎一百五十三只，熊十二只，豹二十五只，猞二十只，麋鹿十四只，狼九十六只，野猪一百三十三口，哨获之鹿已数百，其余围场内随便射获诸兽不胜记矣。朕于一日内射兔三百一十八只，若庸常人毕世亦不能及此一日之数也。"先说这打猎过程，比利时南怀仁传教士曾随康熙打猎，他在《鞑靼旅行记》一书中描述道，成千上万士兵把那些动物轰出来，赶到康熙前面，让他射猎，而虎、熊那些猛兽，则是打得差不多了，最后再让康熙补上一箭，功劳自然也就记在他的名下了。再说这数字真假，据动物学家介绍，中国北方自然界里，虎是食物链最高端，数目最少，平均要有两百头鹿、一百头野猪的规模，才能养活一只老虎。而康熙的猎物表上，虎与麋鹿、野猪的数量是严重不成比例的，换言之，其真实性值得怀疑。

这种名人的所谓"选择性失忆"，倒不是他们格外不诚实，其实也是人性的普遍表现。且不说那些历史名流，就是咱老百姓，也是喜欢说自己过五关斩六将的过去，不愿意提走麦城、马嵬坡的不堪，只不过没人采访、写不进书里罢了。

所以，可以不客气地说，不论古今中外，那些个人回忆录误差都不小，这里边既有刻意性回避的原因，也有"选择性失忆"所致，结果是不少回忆录都成了自我表扬、自我拔高的欺世之作。书中对他不利的大都不讲，或轻描淡写一笔带过；对他有利的则大讲特讲，甚至不惜夸大其词，无中生有；功劳可以格外渲染，以一当十，错误尽量文过饰非，三言两语；与人有隙，皆是别人的毛病，关键时刻，惟我老人家力挽狂澜。只可惜了那些虔诚的读者，花了钱，搭了功夫，却看到的是伪历史、假史实。

时下，名人回忆录满天飞，其中固有唐德刚执笔的可信度较高的真品，自然也不乏充满"选择性失忆"的赝品，毕竟，像卢梭那样，敢在《忏悔录》里自揭疤痕、自损形象的，迄今也未见第二人。因而，史学界有人不无夸张地说："要找完人，就看回忆录；要当圣贤，就写回忆录。"而依我管见，如欲求其真，不受蒙骗，读回忆录不如读传记，读传记不如读大事表，读大事表不如读日记。

癞蛤蟆第十三号

合肥四姊妹,在中国近代史上知名程度仅次于宋家三姐妹,大姐张元和、二姐张允和、三姐张兆和、四妹张充和,个个美貌如花,知书识礼。嫁的都是当时社会名流,大姐嫁昆曲名家顾传玠,二姐嫁给语言学家周有光,三姐嫁给作家沈从文,四妹嫁德裔美籍汉学家傅汉思。

以三姐张兆和与沈从文的结合最为轰动,也最为曲折。张兆和,品学兼优,聪明可爱,单纯任性,活泼好动,在中国公学曾夺得女子全能第一名。由于皮肤稍黑,被广大男生雅称为"黑凤""黑牡丹"。兆和身后有许多追求者,她把他们编成了"青蛙一号""青蛙二号""青蛙三号"。

沈从文是张兆和中国公学的老师,但第一堂课就讲砸了。沈从文笔下有功夫,但嘴巴不行,一开课,结结巴巴,词不达意,被台下学生猛起哄,其中最活跃的就是张兆和。这一堂课,沈从文无比尴尬,狼狈不堪,出尽洋相,但也有重大收获,他一眼就看中了美丽而调皮的女生张兆和,决计向她发起爱情攻势。

不久,张兆和就收到了沈从文的求爱信。张兆和并没当回事,因为她几乎每天都会收到来自不同爱慕者的求爱信,她已经司空见惯,近乎麻木了。用二姐张允和的话来说，沈从文当时最多只能排到"癞蛤蟆第十三号"，基本上没戏。在他前边的"癞蛤蟆"，有倜傥帅哥，有风流才子，有豪门之后，有高官衙内，有青年才俊，相比较而言，就属沈从文不起眼，穷酸木讷，出身贫贱，年龄偏大，无非能写几篇白话小说，也影响不大。

强攻不下，沈从文换了迂回战术。他与张兆和的同室好友王华莲谈过一次，试图从王处探问一下张兆和对这件事的态度，并希望王能够玉成其事。但王华莲的话很让沈从文失望：成百上千的优秀男士在追求张兆和，她有时一连收到几十封求爱信，照例都不回信；如果都要回信，她就没时间念书了；她很烦别人老写信给她。

尽管如此，沈老师的情书还是一封封寄了出去，女学生张兆和把它们一一作了编号，却始终保持着沉默。后来，校长胡适也出面为沈从文说情。胡校长说："他非常顽固地爱你。"兆和马上回他一句："我很顽固地不爱他。"胡适说："我也是安徽人，我跟你爸爸说说，做个媒。"兆和连忙说："千万不要去讲，这个老师好像不应该这样。"胡适游说没有成功，沈从文又继续他的马拉松式的情书写作。

沈从文是湖南人。自曾国藩练湘勇之后，世人有个基本共识，叫"无湘不成军"。就是说的湘人不到黄河心不死的韧劲、蛮劲，沈从文便是军人出身，仗虽没打出名堂，但在军营里养成的不达目的誓不罢休的劲头却不小。他对张兆和的爱情攻势成了持久战。时间在过去，沈从文的居住地也从上海到北京，又到青岛。然而不变的是他不断写给兆和的情书。

精诚所至，金石为开。情书点点滴滴滋润着姑娘的芳心，在沈从文锲而不舍的追求之下，张兆和坚如磐石的心也开始动摇起来，慢慢地开始理解、接纳、爱上这个执拗的"乡下人"。原本最没有希望的"癞蛤蟆第十三号"，最后却拔得头筹，好梦成真，抱得美人归。看来，世上事都是天道酬勤，功夫不负有心人，就是在爱情追求上也屡试不爽。放眼四周，我们经常会看到鲜花插在牛粪上的婚配，感到颇为嫉妒与不解，其实，如果细查一下，任何一坨成功的牛粪都有过人之处。

士可杀，亦可辱

《礼记·儒行》说："儒有可亲而不可劫也，可近而不可迫也，可杀而不可辱也。"后来引申为"士可杀而不可辱"，意为，士子宁可死，也不愿受侮辱。士，后来亦演变为对知识分子的泛称。

不过，因为杀和辱的两种结果差别太大，如果二者选一的话，绝大多数士还是要选择宁可受辱也不去死的。真正做到"士可杀而不可辱"者不多，古有文天祥、方孝孺、左光斗，今有翦伯赞、傅雷、老舍数人，凤毛麟角一般。毕竟，生命只有一次，脑袋砍下就无法再长，而忍辱负重，或可将来咸鱼翻身，至少也能苟活着。所以，许多强者都明白，士可杀，亦可辱，或以辱士为乐趣，辱而不杀，知道你也没有去死的勇气。

"秦皇焚旧典，汉祖溺儒冠。"这是一副古人的对联，"汉祖"即刘邦。《史记·郦生陆贾列传》记："沛公不好儒，诸客冠儒冠来者，沛公辄解其冠，溲溺其中。与人言，常大骂。未可以儒生说也。"不过，被他羞辱的士，还没有听说有一个自杀的。辱就辱了，听他骂两句也没啥了不得，从这个耳朵进去那个耳朵出来也就是了，帽子脏了再换一顶。大丈夫能伸能屈，咱不跟一个流氓见识。

朱元璋没啥文化，典型的大老粗，心底的极度自卑往往转化为对文化人的刻骨仇视，常以羞辱士人为快事。危素是元末明初著名历史学家、文学家，朱元璋却没把他当回事。一天，危素步履迟缓地从大殿窗户下走过，朱元璋问："外面来的是谁？"危素回答说："是老臣我！"朱元璋轻蔑地说："我还以为是文天祥！"还有一次，从缅甸进贡一头大象，但大象表演效果不好，驯象人就禀报太祖说大象可能是忠于他的国王，怀念他的故土。朱元璋在朝臣面前耻笑危素说："你还不如这头象！"下令"作二木牌，一书'危不如象'，一书'素不如象'，挂于危素左右肩"。还把危素的名字拆开来写，以示污辱。这个基因遗传到他儿子朱棣那里，更加变本加厉，居然把不肯写诏书的名士方孝孺一家十族九百多口人杀掉，创造了一个滥杀无辜的历史记录。

要说搞文字狱，谁也比不过雍正，他以心狠手辣而著称。雍正四年，年羹尧被赐死，大学者钱名世因与年羹尧有诗词交往，以"曲尽谄媚、颂扬奸恶"获罪，被革去职衔，发回原籍。雍正亲自写下"名教罪人"悬其门。日后每月初一十五，常州知府、武进知县会到他家常州故居门前检查该牌匾是否悬挂。又命三百八十五位文臣写诗文声讨其"劣迹罪行"，文章全由雍正帝审核通过后，交付钱名世辑成专集，题为《名教罪人诗》，用上好宣纸刻印，刊行全国。

有其父必有其子。乾隆是个很矛盾的人，一方面他自己爱好琴棋书画、诗词歌赋，还组织编写四库全书，另一方面，他又特别喜欢羞辱士人。纪晓岚号称一代大儒，对朝廷忠心耿耿，活干得也很出色，可乾隆怎么对他呢？有一回，老纪很热心地为朝庭提了一点小建议，没想到乾隆当场翻脸，恶毒地羞辱他说："朕以汝文字尚优，故使领四库全书，实不过以倡优蓄之。"对文坛领袖钱谦益，他也极尽讽刺羞辱之能事，百忙之中还不惜写诗辱钱："平生谈节义，两姓事君王，进退都无据，文章那有光？真堪覆酒瓮，屡见咏香囊，末路逃禅去，原是孟八郎。"

平心而论，许多士子的受辱都是自找的。从历史经验来看，知识分子和强权者相处，要想不受辱，须做到两条：一是有趣。即充分运用自己的学识来服务、取悦主子，让他感到你有学问，有用处，谈吐风趣，举止不凡，还有点意思。二是识趣，就是一定要清楚自己的身份，摆正位置，切勿自作多情，该说时说，不该置喙时，千万闭嘴。如果做不到这两点，那就远离权势，淡然世外，受辱的几率会小得多。所以，有个作家撰文人生三不交：不与贵人交，我不贱；不与富豪交，我不贫；不与官家交，我不辱。可谓经验之谈，既无杀头之祸，又无受辱之虞，何乐而不为呢？就像逍遥自在的陶渊明，但那得甘于寂寞，淡泊名利，也不是谁都能做到的。

低头一拜屠羊说

当年，曾国藩屡败屡战，力挽狂澜，终于率湘军战胜太平军，功高盖世，气势正盛。有人劝他做皇帝，取满清而代之，如果他要想这么干，可谓易如反掌，携得胜的虎狼之师，攻击已烂透的清王朝，无异摧枯拉朽。但他一生以"戒盈勿满"为信条，为此，给弟弟曾国荃写诗作答："左列钟铭右谤书，人间随处有乘除。低头一拜屠羊说，万事浮云过太虚。"他不但不做皇帝，还立志要急流勇退。

他推崇的屠羊说，典出庄子的《让王篇》。楚国集市上有个卖羊肉的，童叟无欺，买卖公道，大家都叫他屠羊说，其实他是一位学问高深的隐士。因伍子胥大军侵楚，他曾自愿随楚昭王逃亡，一路上餐风露宿，担惊受怕，他为楚昭王鞍前马后效劳，殚精竭虑，奔波筹划，立下大功。复国后，楚王大赏功臣，他原本名列前茅，却功成身退，拒不受爵，依旧卖羊肉。楚王任命他为高官，他也推辞不受，辞之再三，他对楚王说，你要真为我好，就让我每天高高兴兴杀羊卖肉就是了。

屠羊说这一路人，历代不绝，但肯定也不会太多，毕竟人食五谷杂粮，难脱名缰利锁，不去争名于朝争利于市，那就很不错了，堪称君子人格，而有功不居，有赏不受，有官不做，对于一般人来说，也委实太难了点。但也正因为难能可贵，所以，这种人物常被世人当圣贤来推崇。比屠羊说名气更大的还有介子推，他和屠羊说的经历很相似，同是陪君王逃难，同是忠心耿耿，不离不弃，因为多了个"割股啖君"，更因为逃避封赏被烧死在山林，老百姓觉得很过意不去——好人不得好报，这成何体统？于是为纪念介子推而有了寒食节，并把他殉难的山改成介山，如今成了山西著名的旅游景点。

曾国藩熟知中国历史，他为何不"低头一拜介子推"，可能是因为介子推的命运成了悲剧，他不愿步介子推的后尘。因为他固然不想改朝换代，但也不想家破人亡，官还是要做的，侯还是要封的，名还是要扬的，钱还是要收的。所以，他的"低头一拜屠羊说"，其实就是一种政治表态，让朝廷放心，令部属收心，使民众安心。当时，他要是真的急流勇退，回乡耕读，今天看来倒是件好事，那就避免了他晚年办天津教案的羞辱，一时间，"外惭清议，内疚神明"，晚节不保，骂名四起，国人皆曰可杀，想想也实在是得不偿失。

相比较而言，和他同样立有不世之功的范蠡、张良，就比他要聪明得多，豁达得多，结局也好得多。范蠡帮助勾践复国成功，便泛扁舟于五湖之中，遨游于七十二峰之间。其间三次经商成巨富，三散家财，自号陶朱公，乃中国儒商之鼻祖。世人誉之："忠以为国；智以保身；商以致富，成名天下。"还有张良，有功不居，进山当了隐士，河南嵩县白云山留侯祠有两幅对联说得很到位："毕生彪炳功勋启自授书始；历代崇丰烟祀端由辟谷开。"这是说他的隐居生活；"富贵不淫，有儒者气；淡泊明志，作平地神。"这是称颂他的高风亮节。既保全了自己和家人，也保全了君臣之义，不愧为"秦世无双国士；汉廷第一名臣。"

"狡兔尽，走狗烹，飞鸟尽，良弓藏。"说实话，历代君王都想收拾功臣，这既是其内心冲动，也是巩固政权之需；但从另一面来讲，功臣们的居功自傲，胡作非为，也为其留下开刀的把柄。刘邦杀韩信，朱元璋杀胡惟庸，雍正杀年羹尧，固然背了杀功臣恶名，但毕竟他们都有可杀之理。倒是那个屠羊说，虽未因功高而享受高官厚禄，却子孙繁茂，优哉游哉，自己得以善终，着实令人羡慕，值得"低头一拜"啊！

罗振玉为何不殉节

国学大师王国维之死因，向有很多说法，大致集中在三个方面，一是为清朝殉节，尽遗臣之忠；二是与有30年交情的罗振玉的绝交，于心至寒；三是惧怕北伐军攻入北京，身遭辱杀。这些莫衷一是的猜测，至今无任何定论，但压倒性的意见，是认为他为清朝殉节而死。

其实，王国维早在1924年，冯玉祥发动"北京政变"，驱逐溥仪出宫时，就引为奇耻大辱，愤而与罗振玉等前清遗老相约投金水河殉清，因阻于家人而未果。1927年6月，国民革命军北伐逼近北京之时，王国维留下"五十之年，只欠一死，经此世变，义无再辱"的遗书，在颐和园昆明湖沉湖而死。

令人不解的是，同是清朝遗老，又是儿女亲家，浙江老乡，学界密友，一向与王国维共进退的罗振玉，这次却没有与王一起殉节。从罗振玉给王国维写的祭文来看，他表白说，自己曾三次"犯死而未死"，即三次企图自杀殉节而未遂，一次是溥仪被逼出宫时，一次是溥仪逃进日本使馆时，还有一次就是这次北伐军逼近北京时。他给出了一个冠冕堂皇但又极牵强的理由，说是王国维突然之死打乱了我的殉节计划，不料"公竟先我而死矣，公死，思遇之隆，为振古所未有，予若继公而死，悠悠之口或且谓予希冀恩泽"，所以他就不便去死了，好在"医者谓右肺大衰，知九泉相见，谅亦匪遥"。

所谓"思遇之隆"，无非就是逊帝溥仪发了一道"上谕"说，王国维"孤忠耿耿，深堪恻悯……加恩谥予忠悫，派贝子即日前往奠缀，赏给陀罗经被并洋二千元"。一个"忠悫公"的空头称号，再加二千元大洋的抚恤金，就让罗振玉欲死不能——因为我若是现在殉节死了，舆论还以为我是想贪图像王国维那样的"思遇之隆"呢，所以我只好苟活了。好在，医生说我已身患重病，去日无多了，与老友王国维相会于地下，也不会多久了。可谁也没想到，"身患重病"的罗振玉又足足活了13年，直到74岁高龄，才恋恋不舍地告别了这个世界，让王国维在地下等得好苦啊！

王国维死于1927年，正值他的学问盛年，殊为可惜，但如今来看，也未尝不是他的幸事，因为，四年之后，发生了"九一八"事变，罗振玉参与策划成立伪满洲国，并任满洲国参议府参议、满日文化协会会长等多种伪职，成了可耻的文化汉奸。在这种形势下，如果王国维还活着，他会怎么样呢，很难说，万一立场不稳，跟随溥仪去了长春，那可就遗臭万年了。想想看，这种可能性还是有的，他以一个秀才身份被破格提拔为"南书房行走"，因此一直对溥仪感恩戴德；为证明自己遗老身份，他重新蓄起发辫；溥仪被迫迁出紫禁城，王国维随驾前后，并自杀未遂，因此而写下"艰难困辱，仅而不死"之言；清华研究院拟聘王国维为导师，他在请示溥仪后方就任；1926年2月21日，他还亲赴天津，为溥仪祝寿；他始终按规定在宫里"当值"，为溥仪整理藏书，兢兢业业，勤勉有加。依他一向对溥仪言听计从的愚忠态度来看，再加上老友罗振玉的影响，并非完全没有失足落水的可能。

同理，倘若1927年6月，罗振玉与王国维一同"殉节"，也不会有后来当文化汉奸的耻辱以及永远无法洗刷的千古骂名，他还是个响当当受人敬重的国学大师，这或许就是同为文化汉奸周作人说的"寿多必辱"的道理吧。

连妓女都不如

1931年6月22日，时任中共最高领导的向忠发和与他同居的妓女杨秀贞一起被捕。还没上刑，向忠发就招供了，是典型的软骨头。杨秀贞却坚决不承认向是共产党，于是特务便让向忠发与她对质，向无耻地说："人家都知道了，你就都讲了吧。"可是，便宜无好货，向忠发那么容易就变节了，让国民党特务机关也觉得索然无味。警备司令熊式辉电告蒋介石："已擒获共产党首犯向忠发。"蒋回电："立即就地枪决。"两天后就把他枪毙了。周恩来后来非常鄙夷地评价向忠发："他的节操还不如个妓女。"

其实，节操不如妓女的贤达名士并不罕见，历代都有。明末，清兵入关，士林领袖钱谦益面临三种选择：一是抵抗而死，二是逃命而生，三是出降而荣。钱谦益出身妓女的爱妾柳如是曾力劝钱以身殉国，钱也大张旗鼓地对外声明欲效法屈原，投水自尽。率家人故旧载酒常熟尚湖，可是从日上三竿一直磨蹭到夕阳西下，钱谦益摸了摸湖水，说："水太凉了，奈何？"终究没有投湖。反倒是柳如是奋身跳入水中，不惜一死，后被人救起。时人因此都小视他，以为他连个妓女都不如，讥讽他是"两朝领袖"。乾隆更看不起他，不仅把他列入"贰臣"，还写了一首五律羞辱他。

袁世凯称帝，开历史倒车，杨度、严复等"筹安会六君子"虽都是一时名流，学问大家，但论见识、操守和襟怀还不如妓女小凤仙。杨度与小凤仙很熟，但她看不上杨度的趋炎附势，却与反对帝制的蔡锷一见钟情，惺惺相惜，不仅出于英雄美女之情，还出于拥护共和反对复辟的共同政见。蔡锷曾赠小凤仙联曰："不幸美人终薄命；古来侠女出风尘。"后来，小凤仙掩护蔡锷成功出逃，组织护国军讨袁，成就伟业。蔡锷病逝后，小凤仙含泪写下挽联："万里南天鹏翼，直上扶摇，那堪忧患余生，萍水姻缘成一梦；几年北地胭脂，自悲沦落，赢得英雄知己，桃花颜色亦千秋。"更可贵的是，小凤仙自蔡锷去世后，虽艳名大噪，门庭若市，但为了维护蔡锷的名声，从此拒不接客，隐姓埋名，宁愿过着清贫日子。

法国著名作家萨特写过一个剧本《被侮辱与被迫害的》，拍成电影叫《可尊敬的妓女》。妓女丽瑟在火车上遭到两个白人醉汉的纠缠，他们骂黑人有臭气，要把一个黑人扔出去，在黑人拼命的招架下，一个白人被打死，一个逃走。其中，一个黑人也被白人汤麦斯开枪打死。而汤麦斯是当地参议员克拉克的亲戚。克拉克一家对丽瑟百般威胁利诱，让她出庭作假证，说由于黑人强奸她，汤麦斯才开枪打死黑人。丽瑟出于义愤，仗义执言，最后揭露了克拉克的倒打一耙的无耻行径，保护了黑人。一个堂堂的参议员，社会精英，在正义良知方面还不如一个妓女，丽瑟的"可尊敬之举"，让她占领了比参议员更高的道德高地。

还有电影《桃花扇》里的妓女李香君，京剧《玉堂春》里的妓女苏三，越剧《情探》里的妓女焦桂英，小说《杜十娘怒沉百宝箱》里的妓女杜十娘，其见识、胸襟、节操、义气，都不让须眉丈夫，比权奸阮大铖、状元王魁、富家才子李甲要高得多。

可见，道德水准、气节操守与职业没有必然关系。满腹经纶的学者里可能有开历史倒车的败类，青楼卖身的妓女里也可能有赞同共和的智者；位尊权大的政要显贵或许是无耻之尤的流氓，娼门接客的风尘女子反倒是主持正义的斗士。妓女，虽然倚门卖笑，人尽可夫，认钱不认人，被认为是最没有节操的人，可有些地位很高、名头很大的人，却寡廉鲜耻，连妓女都不如。

西门庆为何转变"官念"？

在《金瓶梅》里，那西门庆原是个开生药铺商人，平生兴趣就两件事，一是赚钱营利，二是渔色纵欲。因为他家财万贯，号称"山东第一财主"，一向无心为官，也素来瞧不上当官的，特别是那些穷酸的文官。可是一件事教育了他，让他彻底转变"官念"，走上买官之路。

他的儿女亲家陈洪遭到参劾，被列入"党恶人犯"之内，他也受到牵连，朝廷名单上赫然写道"亲党陈洪、西门庆"乃"鹰犬之徒，狐假虎威之辈"，要"置之典刑，以正国法"。这可把他吓坏了，立刻派家人到京城多方求助，最后七拐八拐找到当朝右相李邦彦求情，"邦彦见五百两金银，只买一个名字，如何不做分上？即令左右抬书案过来，取笔将文卷上'西门庆'名字改作'贾廉'"。于是，天大的祸事一风吹，本来是砍头抄家的事，说没就没了。白花花500两银子就换俩字，西门庆大发感慨，经此一事，突然悟出一个道理：有了权就有了一切，做官比经商来钱快，做官原是天下最好之事，我要做官！

观念更新，万两黄金；转变思想，黄金万两。西门庆是个说干就干的爽利人，回去后就马上开始筹划如何买官。他不干则已，干就要干出名堂，于是把目光盯住最有权势的当朝权相蔡京身上。蔡京要过生日了，西门庆花巨资准备了一份生日礼品，既贵重，又别致，计有大红蟒袍、官绿龙袍各一套，汉锦、蜀锦、火浣布、西洋布各二十匹，其余花素尺头共四十匹，狮蛮玉带一围，金镶奇南香带一围，玉杯、犀杯各十对，赤金攒花爵杯八只，明珠十颗，另黄金二百两。那蔡京一高兴，就顺手赏赐给西门庆一个山东提刑所副千户的官职，还认他做了干儿子，使西门庆一举变成了政府五品公务员。

从此后，西门庆亦官亦商，每日骑着大白马，头戴乌纱，身穿五彩洒线揉头狮子补子员领，四指大宽萌金茄楠香带，粉底皂靴，排军喝道，前呼后拥，好不威风。更重要的是，他以权谋私，贪赃枉法，巧取豪夺，横征暴敛，银子来得像流水一样，远比他纯经商时要快不止十倍。他的坑蒙拐骗、欺行霸市，成了"执行公务"；他的欺男霸女、横行乡里，更是肆无忌惮。谁敢说一声不字，马上"给我捆到衙门里去"。说到他的政绩，有考核报告为证："理刑副千户西门庆，本系市井棍徒，夤缘升职，滥冒武功，菽麦不知，一丁不识；受苗青夜赂之金，曲为掩饰，而赃迹显著。"当然，这一对他不利的考核报告，也被他花钱轻轻松松摆平了。春风得意，深深感到做官好处的西门庆，生下个儿子，取名"官哥儿"，既是对自己买官的纪念，更是对他未来的期望："儿，你长大来，还挣个文官。"

"榜样的力量是无穷的"，由于贪官右相李邦彦的启发诱导和现身说法，西门庆迅速转变观念，"大彻大悟"，完成了从一个商人到一个贪官的嬗变，而西门庆做官后的左右逢源，荣华富贵，又会启发更多的"后起之秀"既"临渊羡鱼"又"退而结网"，同样也走上贪官之路。一代又一代贪官就是这样生生不息，繁衍滋长，屡打屡有，前赴后继。

现在想想，为何有些地方和部门会出现"窝贪"，贪官一抓一大群，老中青都有，那就是互相影响的结果。一些青年人刚走上领导岗位，本来很想廉洁从政，有所作为，可如果看到他的前任、上司一次次地贪污受贿，早晚也会受到污染，进而"转变观念"，由看不惯到习以为常，再到同流合污，甚至后来居上。时下，官场"59岁现象"还未得到有效遏制，又出现触目惊心的"30岁现象"，也在提醒我们，反腐斗争任重道远，对那些新老西门庆们切不可心慈手软啊！

"前半截"与"后半截"

《菜根谭》语："声妓晚景从良，一世烟花无碍；贞妇白头失守，半生清苦俱非。语云：'看人只看后半截'，真名言也。"

如果举例说明，自然多多。"前半截"的汪精卫，一腔热血，满怀义愤，炸摄政王未遂，被俘后写下了"慷慨歌燕市，从容作楚囚。引刀成一快，不负少年头"的绝命诗。豪气冲天，引得无数国人仰慕不已，没想到晚节不忠，"后半截"投敌叛国，身败名裂。如果当初真能"引刀成一快"肯定就成了流芳百世的民族英雄，断不至于遗臭万年。

"前半截"的军阀吴佩孚，曾对抗云南护国军，与北伐军激战，镇压二七大罢工，杀人无数，罪恶滔天，工人领袖林祥谦、施洋即死在他的刀下。可到了"后半截"，却能保持民族气节，通电声讨溥仪充当伪满傀儡，坚决拒绝日伪拉他下水，被日本特务杀害，国民政府追认为陆军一级上将。后人对他评价颇高。

可是，如果一味地只看一个人的"后半截"就盖棺而论，忽略了"前半截"，也容易以偏概全，把光彩或黑暗的"前半截"淡忘，那其实

047

也是很不公平很不客观的。

郭沫若，大学者、大才子，新文化运动骁将，现代文学泰斗，我国新诗的奠基人，无论考古、金文、历史、书法、戏剧，都独树一帜，成果丰硕，是继鲁迅之后文化界公认的领袖，在"鲁郭茅巴老曹"大师群里名列榜眼，"前半截"是很辉煌的。可到了晚年，迫于江青淫威，说了几句拍马的话，还写了一本迎合领袖的《李白与杜甫》，就因为"看人只看后半截"的缘故，现在就很有些人对他十分鄙视，甚至把他以前的成就也一笔抹杀。

冯友兰，当代著名哲学家，教育家，其哲学作品为中国哲学史的学科建设做出了重大贡献，《中国哲学简史》享誉全国，被誉为"现代新儒家"，有一个风光无限的"前半截"。可是，文革末期评法批儒时，他曾被拉入四人帮的写作班子"梁效"，成为人生一个污点，冯的妻子责怪说："眼看天都亮了，还在炕上尿了一泡"。为此老友梁漱溟多年不愿与其来往，学者舒芜写诗讽刺他，还有人干脆把他以前的学术成就也全盘否定，这恐怕就有失公允了。

还有一个人我们无论如何绕不过去，林彪。此人号称"常胜将军"，其军事才能使得他在第四次反围剿时就被蒋介石称为"魔鬼"，抗日战争中指挥了著名的平型关战役，解放战争中带领四野从东北打到海南岛，三大战役参加了俩，歼敌最多，战功最大，十大元帅名列第三。可是后来他驾机出逃，折戟沉沙，晚节不忠，理所当然被人们唾弃。一段时间里，他的军事家头衔没了，十大元帅像不挂他的了，他指挥的辽沈、平津战役也被挑出了很多毛病，"后半截"虽然只有那么一小段作孽，却把他长达60年的"前半截"给否定了。当然，后来，随着时光的流逝，人们对林彪有了较为客观的评价，元帅像重新挂出来了，进入了中央军委确定的33个"军事家"行列，这就是人们思维方式的科学和进步。

人无完人，金无足赤。唯物主义的态度是，一个人的"前半截"和

"后半截"要联系起来全面看，功是功，过是过，要实事求是地进行评判，不能因为"后半截"有了亮点就一俊遮百丑，否定了"前半截"的孽债；也不能因为"后半截"出了毛病，就把人说得一无是处，一棍子打死，那种思维肯定是有问题的，至少说是不智慧的。

在这方面，鲁迅堪称榜样。国学大师章太炎，早年投身革命，九死一生，功勋卓著，晚年，"既离民众，渐入颓唐"，从革命前驱倒退成为"身衣学术的华衮，粹然成为儒宗"，颇遭人物议，舆论对他十分不利。鲁迅却不以为然，以为要对其全面评判，褒贬适宜，他说：太炎先生"考其生平，以大勋章作扇坠，临总统府之门，大诟袁世凯包藏祸心者，并世无第二人；七被追捕，三入牢狱，而革命之志终不屈挠者，并世亦无第二人。这才是先哲的精神，后生的楷模。"

还有列宁。俄国的普列汉诺夫，早年著书立说，殚精竭虑，为马克思主义在俄国的传播做出了突出贡献，其理论著作曾经教育了整整一代俄国马克思主义者。而到了晚年，他立场大变，支持资产阶级临时政府，对十月革命持否定态度，尽管如此，列宁仍极高地肯定他的地位，评价他的著作，认为它们是战斗唯物主义的，把他誉为"俄国马克思主义之父"。

"横看成岭侧成峰，远近高低各不同"，人是复杂的，并非只有好坏两种；人生是漫长的，谁也不能保证自己善始善终。因而对人的评判也要尽可能客观、慎重，最好是"前半截"与"后半截"一起看，不能人云亦云。别忘了，"人是会思维的芦苇"。

不得罪小人

常言说，宁得罪君子，不得罪小人。得罪君子，他可能会宽厚一笑，不与你一般见识；或者与你绝交，道不同不相为谋；即便反击，也会按游戏规则来行事。不像小人，能量大，办法多，报复心强，如果得罪了他，睚眦必报，手段无所不用其极，必欲置之死地而后快。

小人虽小，但作起乱来也能翻江倒海，绝不可小视。汉武帝的太子刘据无意中得罪了小人江充，两人有隙，江充担心日后太子上台后自己没好日子过，就竭力挑拨汉武帝父子关系。诬告太子宫中埋有巫蛊的"桐木人"，想早日咒死汉武帝好自己登基。结果不仅逼死太子，而且杀了好几万人，这场大乱，史称"巫蛊之祸"。后来，武帝自己也渐渐觉悟，知道是江充从中施诈术，乃命夷江充三族。又作"思子宫"，以志哀思。

南朝梁昭明太子萧统之死，也是得罪小人之故。太监鲍邈之原来是萧统身边太监，颇受信任。太子母亲病故不久要做"生忌"，太子便让这个小太监去值宿。不料他竟擅离职守，跑去和宫女鬼混，正巧被太子巡视时撞见。要是别人不杀也得严惩，太子宽厚，没有治他罪，只是对他疏远了。哪知这小太监不思图报，反而怀恨在心，探听得皇上身体不适，便跑去密告太子请道士作法，埋蜡鹅咒皇上早死，密谋夺权篡位。太子受此不白之冤，又无法辩解，气急交加，一病不起，不久竟英年早逝，年仅31岁。幸而还留下《昭明文选》，为后人思念。

小人的潜伏期都很长，得罪了他，他会记恨你一辈子。苏轼多年前曾得罪过小人李定，李定母亲去世后，不按规定丁忧，继续做官，苏轼写诗讽刺过他。没想到，多年后，李定逮住机会，狠狠地在皇帝面前告了苏轼一状，他上表说："苏轼初无学术，滥得时名，偶中异科，遂叨儒馆。"不仅完全否定了苏轼的真才实学，并无限上纲地说苏轼因未取得高位，才不满皇上等等。他列举了苏轼该杀的四条罪状，撺掇皇帝要杀掉苏轼。幸亏宋代有不杀读书人的惯例，也多亏太后和王安石等人的求情，才保得苏轼一条小命。但从此便陷入无休止的流放苦境，颠沛流离，苦不堪言。

小人刻薄寡恩，翻脸的速度最快，今天可以一脸谄媚地拍你的马屁，明天就会踩在你的身上大发淫威。北宋名相寇准与同朝为官的副宰相丁谓本是师生关系，丁是其门生。寇准为相时，丁对其毕恭毕敬，唯寇准之言是听，寇准也很器重丁谓。某日，中央政府开办公会议，众人在一起用餐时，汤洒在寇的胡须上，丁谓起而为之揩拂。寇准笑曰："参政，国之大臣，乃为长官拂须耶？"没想到这一句话得罪了丁谓，他一掌权，就恩将仇报，极力排挤、诬陷寇准，使其两次罢官，远徙道州、雷州，最后病死在流亡途中。

小人并不一定就是小人物，也有身居高位的，像西晋司隶校尉钟会。钟会虽官高位尊，但心胸狭隘，刻薄自负。他曾经慕名去拜访嵇康，嵇康正在打铁，看见他带领大队人马而来，就很反感，一直没理他，最后才勉强打了一句招呼，钟会悻悻而去。从此这就结下梁子了，钟会因为没有受到热情款待嫉恨嵇康，就向司马昭进谗言说嵇康帮助乱党、不出来当官，诋毁汤武孔子，唆使司马昭杀害了嵇康，上演了一出广陵绝唱。

　　小人"生命力"很强，什么时候都有，几乎无处不在。不得罪小人，不是怕小人，而是要警惕小人，不要和他走得太近，与他有太多瓜葛，而要像诸葛亮所讲的那样"亲贤臣，远小人"，惹不起还躲不起吗？不信他的甜言蜜语，不贪他的蝇头小利，

梁启超不捧场

过去，街头卖艺的人一开场总有这么几句词：在家靠父母，出门靠朋友，请大家伙捧场，有钱的捧个钱场，没钱的捧个人场。的确，不论是卖艺、演戏、开会、活动，只要是公众活动，都需要有人捧场，如果没人捧场，冷冷清清，门可罗雀，或被人砸场子，那都是失败。文化人虽自奉高雅，与众不同，同样也需要有人捧场，以壮声势，以扩影响。

康梁一起变法，曾亲如兄弟，但康梁的性情又差别很大，康有为多少有些趋炎附势，喜欢到处捧场，梁启超则疾恶如仇，眼里揉不得沙子。军阀吴佩孚过50大寿，给康梁都发了请帖，梁启超嗤之以鼻，不屑一顾，拒不捧场；康有为不仅亲往捧场祝寿，而且绞尽脑汁，送上贺联："牧野鹰扬，百岁功名才及半；洛阳虎视，八方风雨会中州。"极尽吹捧之能事。虽得了吴佩孚的欢心，被敬为座上嘉宾，却为时人轻之，梁启超也羞于与康为伍。

梁启超的不捧场，还表现在他在徐志摩、陆小曼的婚礼上的那一番"不近人情"的讲话中，人家敬他是名人泰斗，请他主持婚礼，本想借他盛名以振声威，没想到他劈头盖脸竟是这样一番教训："志摩、小曼皆为过来人，希望勿再作过来人。徐志摩！你这个人性情浮躁，所以在学问方面没有成就，你这个人用情不专，以致离婚再娶。陆小曼！你要认真做人，你要尽妇道之职。你今后不可以妨害徐志摩的事业。你们两人都是过来人，离过婚又重新结婚，都是用情不专。以后要痛自悔悟，重新做人！愿你们这是最后一次结婚！"一语既出，满座皆惊，这哪里是来捧场，分明是来砸场子的嘛。

胡适虽没梁启超脾气大，但也是个有原则的人，决不轻易给人捧场。学者谢楚桢写了一本《白话诗研究集》，找到老同学胡适，希望他能过过目，帮忙说几句好话。胡适读完，认为这本书写得太差劲，根本没有出版的必要。但后来，《白话诗研究集》还是出版了。谢又来找胡适，请他在报纸上介绍一下这本书，胡适再次拒绝了。没办法，谢楚桢自己在报纸上登了个广告，并拉来沈兼士等名人，写了一大堆动听的话。胡适对此很不屑，在当天的日记里写道："我生平对于社会滥用名字的行为，最为痛恨。社会既肯信任我们的话，我们应该因此更尊重社会的信任，绝不该滥用我们的名字替滑头医生上匾，替烂污书籍作序题笺，替无赖少年作辩护。"

初唐诗人王勃的不捧场，更是传为佳话。滕王阁修好了，要找高人写序纪念，这可是个出名的好机会。当地最高长官阎都督要给自己女婿长脸，把此机会留给了自家姑爷，大家也都是来捧场的。会场热热闹闹，人声鼎沸，就等着阎家东床出来献艺作秀，偏是心高气傲的王勃不捧场，凭着满腹才华，奋笔疾书，写下千古名篇《滕王阁序》。试想，如果王勃也随大流一起捧场，只喝闷酒，不发异见，我们岂不是会和"落霞与孤鹜齐飞，秋水共长天一色"失之交臂吗，那该是如何的惋惜啊！

捧场是人之常情，不捧场才见人之真性情；捧场能捧出一团和气，不捧场才能出真知灼见；到处捧场者是烂好人，一钱不值，不随意捧场者，有所不为，方为世间高人。

第二辑　人间有味

人要活"够本"

世上没人愿做赔钱生意，赚多赚少另说，起码要够本，这是底线。做人亦如此，父精母血，十月怀胎，一个人好不容易来世间一遭，结果是啥事也没干成，啥东西也没留下，啥好处也没享受到，就稀里糊涂、窝窝囊囊、匆匆忙忙走了，那就是没活够本。人要对得起父母，对得起自己，对得起社会，那就要把生命用足，活出名堂，活出质量，活出水准，换言之，就是要活够本。

啥叫活够本？依我愚见，首先要活到平均寿命才算够本，活不到那就叫赔本了。人生下来都是有神圣使命的，而缺乏一定的生命长度，是无法完成这些使命的。譬如人生最重要的两项任务：一是为父母养老送终，报答养育之恩。如果自己英年早逝，走在父母前头，让白发人送黑发人，那就是人世间之大不幸，肯定是没活够本；二是把子女养育成人，让他们成家立业，可以自食其力。若这两件大事完成了，其他事情都是可多可少，可有可无了，多活自然欣喜，走了也不遗憾。而要完成这两件大事，不活到平均寿命还真有些勉为其难呢。

要活够本须做些有意义的事，体现出人生价值，做的事情越多、越重要，就活得越够本。人的本质是社会关系的总和，每个人都既是消费者，也是生产者，既要享受生活，更要创造生活。所以，那些给人类做出重大贡献的人，名闻天下，流芳百世，都被世人视为活得极有价值，是不平凡的一生。即便他没有活到平均寿命，但其过人业绩则弥补了生命的长度，其人生也是够本而精彩的。作家路遥、王小波、史铁生、陈忠实，都没有活到平均寿命，可是他们却留下了《平凡的世界》《黄金时代》《我与地坛》《白鹿原》这些伟大的著作，丰富了我们的文化宝库，也倍增了他们的生命价值。而寿命足够长，作品足够多，影响足够大，事业足够辉煌的画坛巨擘齐白石，著名文学家、翻译家杨绛，水稻杂交专家袁隆平，诺贝尔奖获得者屠呦呦等，那就不仅是活够本而且赚大发了，一辈子活出了两辈子的精彩，是超值的大写人生。

要活够本就要充分使用生命，享受生活的方方面面，充分挖掘生命潜力。生命可分为肉体与精神、体能与智能、享受力与工作力，所谓"活够本"，就是尽量把这些东西用到极致，力争做到"零库存"。因而，一方面我们要尽情享受友谊爱情，天伦之乐，美酒佳肴，鲜花掌声，游山玩水，唱歌跳舞，充分体验、大胆尝试一切健康愉悦的生活方式，不给自己设任何禁区；另一方面，还要享受工作的愉悦，创业的艰辛，奋斗的寂寞，成功的欢乐，同时也要准备享受失败的洗礼。这样，生命才是健全完美的，充满活力与张力的，令人羡慕的。另外，我们还要挖掘生命潜力，敢想敢干，敢作敢为。加拿大一个下肢瘫痪青年，竟然坐轮椅登上了世界上7000多米高的山峰；美国一个九十多岁老太太用高空跳伞来庆祝生日；传奇科学家霍金，全身只有一根指头能动，仍在进行科学研究，不断有新成果问世。咱们何妨也见贤思齐，潇洒学一回？生命对每个人来说，都是"绝无仅有"的，如果我们真的爱惜生命，就要把生命用足，活出精彩，活出辉煌，活得酣畅淋漓，活得"够本"。

这样，该干的事都干了，该说的话都说了，该尽的义务都尽到了，能跳多高就跳多高，能举多重就举多重，该开花时开花了，该结果时结果了，该享受的也享受了。是蛟龙你就腾云驾雾，倒海翻江；是鲲鹏你就扶摇万里，振翅高飞，没有任何遗憾。大限一到，对自己说一声：这辈子活够本了！便驾鹤西去，何其洒脱。

是君心绪太无聊

古人蒋坦,早晨起来听见窗外雨打芭蕉的声音,心烦意乱,百无聊赖,于是提笔写下一句:"是谁多事种芭蕉?早也潇潇,晚也潇潇。"到了晚上,妻子秋芙提笔续上后一句:"是君心绪太无聊,种了芭蕉,又怨芭蕉。"

无聊,用生理学的角度来解释,即一种注意力倾注的对象不符合自己的价值观时的心理体验。通俗一点讲,就是没意思。上班没意思,下班也没意思;一人独处没意思,朋友聚会也没意思;结婚没意思,离婚更没意思;读书没意思,看电视也没意思;宅在家里没意思,出门在外更没意思……这种情绪会让人感觉到无所事事,不知道该做什么,从而导致空虚、孤独。

如果找找原因,可能是因为没有目标,没有信仰,没有寄托,没有动力,没有激情。一般来说,心态积极的人很少会觉得无聊,他们目标明确,信仰坚定,志向远大,动力充足,每天都兴致勃勃地干着喜欢的事业,忙得不可开交,根本就没有时间和精力去"无聊"。作家贾平凹,

60多岁了,还在文坛拼搏,不断推出新作,努力冲击诺贝尔文学奖;水稻专家袁隆平,80多岁了,还在田头奔波,为超级杂交水稻殚精竭虑;肝胆专家吴孟超,90多岁了,还要给病人动手术;语言学家周有光,100多岁了,还在苦读不辍,著书立说,一个个都充实得很,既没时间无聊,也不知无聊为何物。要想走出无聊,不妨向他们学学,给自己定个奋斗目标,有点人生追求,干点有意义的事,让自己忙起来,心里有事业,精神有寄托,无聊就会远离你的身边。

无聊,还有一种情况,就是没有处理好如何对待欲望的问题。在德国哲学家叔本华看来,人干什么都没意思,都无聊之至,因而他曾经断言:"人在各种欲望不得满足时处于痛苦的一端,得到满足时便处于无聊的一端。人的一生就像钟摆一样在这两端之间摆动。"这就是著名的叔本华钟摆理论。

他的话不能说没有道理,每个人可能都有过这样的体会,为了满足欲望,或升官发财,或成名成家,或恋爱求偶,或购房买车,日思夜想,焦虑不胜,达不到目的时痛苦不堪,度日如年,甚至连死的心都有。而一旦欲望得到了满足,官升了,财发了,职称评上了,工程拿到手了,心仪的对象追到了,就会慢慢感到平淡无奇了,好像得到的东西没想象得那么好,觉得费那么大劲似乎不值得,于是就"处于无聊的一端"。那么,怎样才能摆脱"叔本华钟摆"呢?说难也不难,事在人为,境由心造,两千多年前的老子早就有了解决办法,那就是"清心寡欲"。生性恬淡、欲望不高的人,就好比是钟摆在两端起伏不大,喜也有限,悲也有限,得也不多,失也不多。既然不抱希望,自然也就不会失望,既然不准备拼命争什么,自然也就不存在没争到的苦恼,于是就有了理想境界:"海纳百川,有容乃大;壁立千仞,无欲则刚。"

要走出无聊,还要提升精神境界,培养高雅情趣。譬如,平时多读经典名著,常和古今中外那些杰出人物"交谈",使自己的灵魂居于高处，摆脱低级趣味，对真理的追求和对美好的向往，都会使我们变得高尚和理性起来，而这都是对抗无聊的利器。同时，我们还要特别警惕那些每天都像海样的无聊信息，远离那些满地鸡毛、荤腥污秽的八卦消息，以免使自己变得精神猥琐，品位低下。

　　古人说"不为无聊之事，何遣有涯之生？"是自嘲更是提醒，颇值得警觉，人生苦短，如果一直生活在无聊之中，做无聊事，说无聊话，交无聊友，那也确实是人生悲剧啊！

人和人不要靠太近

弘一大师在晚年时,写了一首诗:"君子之交,其淡如水。执象而求,咫尺千里。"源于《礼记·表记》:"故君子之接如水;小人之接如醴;君子淡以成;小人甘以坏。"

古人的这种交往智慧,确实是颠扑不破的经验之谈,而且还有很多例证可资说明。春秋战国时的列子名气很大,但也很穷,家中常无隔夜粮。郑国的相国子阳想和他接近,拉拢他,主动给他送去粮食,他却拒绝不收。老婆、孩子都埋怨他,他说:"与郑相交近固可获益,同样也可能惹祸。"果然,不久子阳及其亲信就被乱民杀死,列子则因与子阳保持距离而幸免于难。

西晋的潘安死了,而且被夷三族,这个中国第一美男子之死,就是因为与朝中权贵走的太近,打得火热。他性轻躁,趋于世利,与石崇等谄事高官贾谧,常在一起吃吃喝喝,吹吹拍拍,每候其出,辄望尘而拜。而贾谧一失势,树倒猢狲散,他就被反对派当成贾谧死党铲除,还牵连了无辜的家人。

就是今天，我们也见过很多这样的例子，如果两个人好得像是一个人似的，不分你我，亲密无间，穿一条裤子都嫌肥，这种友谊就很难长久持续下去。一旦产生矛盾，有了利益纷争，就会撕破脸面，情断义绝，形同陌路，甚至反目成仇。这就告诫我们，人和人不要靠太近，"管鲍之交"少如凤毛麟角；"孙庞斗智"则代代屡见不鲜。

人和人不要靠太近，首先是因为每个人都有脾气、锋芒，就像豪猪有刺一样，相处太近就不免会扎到他人皮肤，而离得太远，则会感到寂寞寒冷。那么，相互间保持适当距离，既让我们的"刺"能存活下去又不至于刺到他人，大家都会很舒服。反之，倘若一天打几个电话，三天两头在一起觥筹交错，无话不谈，亲密无间，那早晚会因关系太近而磕磕碰碰，生出嫌隙，损害友情。

人和人不要靠太近，还因为每人都有各自的利益，而相互之间的利益常常会是矛盾的。我们与陌生人谈利益可以开诚布公，毫无忌惮，该争就争，该斗就斗，那是在商言商，没什么不好意思的。而在相近的朋友之间，遇到利益纷争就往往难于启齿，吃亏了自己不愿意，占了便宜他人也不高兴，弄不好就会坏了交情，生出恩怨，反而不美。

人和人不要靠太近，还因为每人都有不可告人的私密，掌握别人的私密太多与被别人掌握私密太多都是很危险的事。雍正登基后，第一件事就是杀掉了一批心腹，原因无他，就是因为他们"知道的太多"，为了树立正面形象，不让他的负面秘密流出，他只好痛下杀手，拿他最近的几个人开刀。

人和人不要靠太近，也为相互之间的关系进退留有余地。一般来说，人与人之间关系亲疏远近，都会随着各自身份地位变化而变化的。古人说"富易妻，贵易友"，前半句有些缺德，后半句则是常理。若朋友同事身份变了，高高在上，你与他本就不远不近，自然会变淡变远，不觉为忤；你若平时与他亲如兄弟，则势必会因关系突然由近到远生出怨恨。

人和人靠得太近，还容易为友情坏了原则，害了公义，伤了大局。张飞为二哥报仇，督之太急，反伤了自己性命；刘备为二弟报仇，坏了联吴抗曹大局，都是历史教训。

人与人之间，要想友谊长存，就要相互保持适当的距离，做到求同存异，和而不同，不含功利之心，不存非分之想，可以互相帮助，不能互相利用，利益要各自分清，不能和友谊缠在一起。这样，清淡如水，自然本分，相互敬重，不离不弃，友谊才能天长地久。即使万一生变，分道扬镳，对双方的伤害也会降到最低程度。

主角与配角

《主角与配角》是陈佩斯与朱时茂在1990年央视春晚表演的小品。小品中，饰演"叛徒"的陈佩斯为了当上主角"八路军"，耍尽了各种小聪明，屡屡抢戏，在他的软缠硬磨下，终于心想事成，可最后因形象、习惯等问题又不自觉地回归了"叛徒"形象。

在戏台上，因为形象、演技、能力、性格等原因，有些人以演主角而擅长，如唐国强、李幼斌、陈宝国、陈道明等，有些人则以演配角而出彩，如牛犇、刘江、吴孟达、午马等，他们各安其位，相得益彰，合作了许多精彩剧目，令人啧啧称赞。

历史是一个大戏台，同样也有生、末、净、旦、丑，同样需要主角与配角密切配合，精诚团结，找好各自定位，相互补台而不抢戏，这样才能有成功的演出，以经典剧目留给世人。

刘邦与萧何等是主角与配角的最给力模式。主角刘邦虽少文缺武，本事不大，但他有容人之量，识人之明，用人之胆，是个合格的主角。他的几个配角则各有其长，且服膺主角，张良运筹帷幄之中，决胜于千里之外；萧何抚慰百姓供应粮草，稳定后方；韩信领兵百万，决战沙场，百战百胜。按照"一个好汉三个帮"的原理，刘邦与萧何、张良、韩信的主配结合，效用最高，威力最大。

马克思与恩格斯是主角与配角的最科学模式。马克思为创建理论大厦殚精竭虑，宵衣旰食，恩格斯为马克思提供经济援助慷慨解囊，自觉无私；马克思长于对理论体系的创建与完善，恩格斯则精于对具体理论观点的梳理与开掘；马克思的阵地主要是图书馆和博物馆，恩格斯则更关注现实的工人运动和商业社会；马克思对恩格斯的才能十分敬佩，说自己总是踏着恩格斯的脚印走，恩格斯总是认为马克思的才能要超过自己，自觉甘居第二小提琴手。他们是亲密无间的朋友，他们所有的一切，无论是金钱或是学问，都是不分彼此的。

黄兴与孙中山是主角与配角的最合理模式。孙中山长于思想与决策，在海外进行宣传与筹款，黄兴长于实践与行动，多次参加武装起义，诚如章士钊所言："孙、黄合作，是最理想不过的：一个是兴中会会长，一个是华兴会会长；一个是珠江流域的革命领袖，一个是长江流域的革命领袖；一个在海外奔走，鼓吹筹款，一个在内地实行，艰辛冒险；一个受西方教育，一个是传统的中国知识分子。"这就是所谓"孙氏理想，黄氏实行"模式。尽管声名显赫的黄兴拥趸日增，但他始终服从孙中山的领导，不居功，不抢戏，与孙团结一致，保证了辛亥革命的成功。

洪秀全与杨秀清是主角与配角的最失败模式。主角洪秀全是落魄文人，长于宣传鼓动；配角杨秀清是烧炭工人，勇于战场冲杀，一文一武，本应密切配合，互补长短，无奈两人境界都不高，胸怀均狭窄。尤其是定都南京后，洪秀全贪图享受，任人唯亲，又嫉妒杨秀清功高震主；杨秀清则鄙视洪秀全昏庸无能，不甘居配角，步步进逼。最后为争权夺利导致自相残杀，数万太平军死于无辜，杨秀清、韦昌辉被诛，石达开被逼出逃，太平军从此一蹶不振，很快走向灭亡。

"一山不容二虎"，不论何时何地，主角与配角都是客观存在，当今社会分工愈细，尤其如此。一个戏台，有主角与配角之分；一个班子，有正职副职之分；一场战役，有主攻与辅攻之分；一支球队，有主力与替补之分。主角要有大局观，胸襟要宽，气势要足，镇得住场；配角要有配角意识，自觉补台，辅助主角，不能抢戏；主角要尊重配角，名利不能独吞，配角要服从主角，锋芒不能太露，这戏才能唱下去，唱出名堂，事业才会兴旺，蒸蒸日上，欣欣向荣。

人生不过几碗酒

　　人生如酒，酒如人生，人有多境，酒有多味。人生有幸福，如饮甜酒；人生有磨难，如饮苦酒；人生有败笔，如饮酸酒；人生有高峰，如饮浓酒；人生有低谷，如饮淡酒。

　　人生有幸福，如饮甜酒。洞房花烛，金榜题名，丰衣足食，安居乐业，子孙满堂，高朋如云，都是幸福内容，细品慢酌，味道清香，甘甜可口，令人如痴如醉，不怕其多，但嫌其少。当年，沈从文苦苦追求张兆和，一天一封情书，终于感动了意中人，给他发电报"乡下人喝杯甜酒吧"，答应了他的求爱。抱得美人归的沈从文不无得意地写道："我这一辈子走过许多地方的路，行过许多地方的桥，看过许多次数的云，喝过许多种类的酒，却只爱过一个正当年龄的人。"其情令人羡慕，其文令人赞叹。

　　人生有磨难，如饮苦酒。高考落榜，情场失意，求职被拒，官帽被摘，炒股亏本，经商赔钱，事业夭折，身残染疴等，都是人生磨难。既然无法回避，那就得既来之则安之，不管多苦的酒，也得咬着牙咽下去，还得消化掉，把苦酒当成养分。周文王羑里被拘，勾践兵败被擒，韩信钻人胯下，太史公宫刑遭辱，苏武西域牧羊，张继屡试不中，林则徐贬谪新疆，孙中山屡战屡败，钱学森回国遇阻，季羡林牛棚苦熬等，都是难以下咽的苦酒，但他们都已过人的毅力和忍耐，喝下了难喝的苦酒，经过艰难的消化吸收，变成自己凤凰涅槃的巨大动力，最后都成为一代人杰，书写了不凡篇章。

人生有败笔，如饮酸酒。人非圣贤，孰能无过？做事谋业，或百密一疏，或顾此失彼，或少年轻狂，或筹划失算，难免有败笔、有疏漏，事后想起，似饮酸酒，心里翻江倒海，总是遗憾愧疚，"到底意难平"。汉武帝听信谗言，迷恋修道成仙，逼死太子，晚年懊悔莫及；崇祯刚愎自用，中了皇太极的反间计，错杀了袁崇焕，自毁长城；袁世凯野心膨胀，误判民意，开历史倒车，做了八十三天皇帝就一命呜呼；张学良判断失误，下令不抵抗日军进攻，丢了东三省，被人叱骂为"不抵抗将军"……他们做错了事，不论什么原因，都要负责任，接受历史惩罚，喝下自酿的酸酒。

人生有高峰，如饮浓酒。人生苦短，转眼就是百年，每个人都应力争做一番事业，有所作为，达到自己生命的高峰，创造自己最辉煌的时间段。钱学森、邓稼先等研制成功"两弹一星"，为国家撑了腰，为民族壮了胆，是他们的人生高峰，会永远彪炳史册。屠呦呦、莫言获取诺贝尔奖，为国争光，喜破天荒，是他们的人生高峰，万众瞩目，举世闻名，理当浮一大白。刘翔、李娜摘金夺银，一个风驰电掣于跨栏跑道，一骑绝尘，独领风骚；一个叱咤风云于网球场，英姿飒爽，轻取对手，喝庆功酒，碗要大，酒要浓，一醉方休。

人生有低谷，如饮淡酒。月有阴晴圆缺，人有高峰低谷，高峰时意气风发，气吞万里如虎，大块吃肉，大碗喝酒，"谈笑间樯橹灰飞烟灭"，"了却君王天下事，赢得生前身后名"。低谷时则要知道急流勇退，忍辱负重，不与强者争锋，自甘寂寞低调，"三杯两盏淡酒"，自浇块磊，三五同道好友，共诉衷肠。或积蓄力量，卧薪尝胆，埋头苦干，以求有朝一日东山再起，重抵高峰；或淡泊宁静，远离纷扰，习惯于江湖之远，轻看身外之物，学学辞官挂印的陶渊明，"采菊东篱下，悠然见南山"，学学富春江畔垂钓的严子陵，坐享"云山苍苍，江水泱泱"。

人有喜怒悲欢，酒有五味杂陈。或"把酒问青天"，或"杯酒释兵权"，或"醉里挑灯看剑"，或"会须一饮三百杯"，方可不虚此生，有声有色。

与世有争

　　物竞天择，优胜劣汰。平心而论，世界上真正与世无争的人是不存在的，从人的孕育就开始了竞争，数亿精子争与一个卵子结合，只有那最强壮的一个争得头筹。我们评价某人与世无争，并非说他绝对不争，而是争的欲望不那么强烈，争的手段不那么下作，争的内容没那么"丰盛"，可争可不争的事不争，争不到也不会太失落，名利心比较淡泊，物欲得到合理控制而已。既然人人都不免于竞争，都要在竞争中分一杯羹，在竞争中实现人生价值，那就要力求争得有序、有理、有德、有节。

　　争得有序，就是要行君子之争。"秦失其鹿，天下共逐之"，要按约定俗成的程序去争，争得公平、公正、公开，不投机取巧，也不弄神捣鬼，循规蹈矩，不越雷池，更不搞"潜规则"。就像春秋战国时的百家争鸣，各逞其能；就像刘翔与罗伯斯在田径场上的龙腾虎跃，比翼双飞；就像梅兰芳与十三燕的同台竞技，各显绝活；就像金庸小说里的华山论剑，高手对决，起跑线是一致的，时间空间是均平的，游戏规则是共同的，竞争结果也是公认的，捷足者先登，力大者占优，输赢有定，各安天命。

　　争得有理，争的是情理、道理、法理、伦理，站在理上就一定要争，理就是依据，理就是底气，据理力争，既为自己争公道，也为社会争正气。不让那些为非作歹者横行无忌，不让那些违规悖理者得逞其志。鲁迅先生就是楷模，他一方面对那些不敢据理力争的弱者"哀其不幸，怒其不争"，千方百计地呼唤他们的觉醒与抗争；一方面自己以身作则，与不良政府争公理，与洋场文痞争是非，与学界大佬争真伪，与不法书商争版税，一时间，以笔为枪，所向披靡，争出了铮铮铁骨，争出了风生水起，也争得了现代文学高峰的地位。

　　争得有德。康德有言：世界上最可敬畏者一是头顶星空，二为心中道德。不论争什么，不论与谁争，都要讲究遵道守德，不忘节操。可以争得和而不同，不能争得损人利己；可以争得正大光明，不能争以阴谋诡计；可以争得剑拔弩张，不能争得赶尽杀绝；可以争得全力以赴，不能争得你死我活。东坡与王安石有政见之争，一为保守，一为改革，虽各持己见，势同水火，但他们却私交甚笃，互相欣赏。当乌台诗案发，东坡为人陷害入狱，几遭死刑，是王安石毅然出面相救，上书皇帝"安有盛世而杀才士乎？"一言九鼎，力挽狂澜，救东坡于死地。苏王之争，体现了光明磊落的君子风度，也树立了千秋万代的道德典范。

　　争得有节，节是节制，争要守先后之规，循缓急之道，顺势而行，有所不为。什么该争，什么不该争，要有所节制；什么先争，什么后争，要合理掌控；什么能争，什么不能争，要心有底线。恩格斯虽贡献巨大，威信极高，却从不和马克思争领袖地位，永远以"第二小提琴手"自居，表现了伟人的高风亮节，也维护了革命阵营的团结。卢俊义尽管武艺高强，出身名门，却不和宋江争梁山泊头把交椅，既是自知之明，也是政治智慧，这就避免了山寨的分裂。李白恃才傲物，傲睨天下，杜甫"语不惊人死不休"，但两人却不争诗坛老大，而是惺惺相惜，肝胆相照，最终双星同光，一为风流蕴藉的诗仙，一为厚重沉稳的诗圣，共创了唐诗的不世辉煌。

"鹰击长空，鱼翔浅底，万类霜天竞自由"，既然我们生活在一个充满竞争的世界，既然竞争是人生处世的主旋律，那么学会竞争，规范竞争，勇于竞争，善于竞争，就能争出自己的一片天下，争出一生的事业辉煌，同时也争出人格的璀璨，人性的高尚。

人生六"晃"

人生苦短，不过百年，一不留神，三晃两晃就晃过去了。虽说都在"晃"，但晃之结果却大相径庭，有人晃成了英雄人杰，有人晃成行尸走肉；有人晃来富可敌国；有人晃成乞丐饿殍。看来，如何晃好这短暂一生，晃出人生价值，还真得认真对待，小心应付才是。

出生是头一晃。这一晃要成功，才能取得生命权，拿到入世门票。在母亲肚里呆了十个月，左蹬右踹，终于得见天日，哇哇落地。一经问世，整天不是在摇篮里晃，就是在父母的怀里晃。这一晃与个人努力无关，不论是晃到官宦豪富的深宅大院，还是晃到贩夫走卒的草屋茅舍，都得听天由命，有劲就大声哭，奶足就好好吃。

长大是一晃。晃着晃着能走了，晃着晃着会说话了。无忧无虑的孩子，终日吃了就睡，醒了就玩，掏鸟窝，玩猫猫，打群架，斗蟋蟀，下河玩水，瓜地偷瓜，不知干了多少荒唐事。再往后，一晃晃进小学，再晃晃进中学，再往后有人晃进了大学，也有人在大学外边瞎晃。不管晃得咋样，个子都如风吹着往上长，饭量更是"半大小子吃死老子"，儿女晃大了，父母也操碎了心，花白了头。

成家是一晃。时光如梭，岁月荏苒，一晃都成了大小伙子、大姑娘，到了男大当婚女大当嫁的年龄。早熟的，抢先给自己晃来了另一半，提前步入婚姻殿堂；晚慧的，父母张罗，亲友牵线，加上婚介所职业红娘的按图索骥，也有缘千里来相会，晃到共处一室，喜结鸳鸯。再一晃，把孩子也晃出来了，晃着洗尿布，晃着刷奶瓶，忙并快乐着。当然，也有人高不成低不就，寻寻觅觅，挑挑拣拣，把自己晃成了剩女剩男。

立业是一晃。这一晃是体现人生价值的根源，是对一个人盖棺论定的依据，因而晃得最沉重，付出最多，结果也差别最大。孔夫子晃成了圣人，许慎晃成了字宗，唐太宗晃成了令主，李太白晃成了诗仙，王羲之晃成了书圣，孙思邈晃成了神医，岳武穆晃成了名将，王国维晃成了大师，曹雪芹晃成了泰斗……但也有人晃成了百无一用的废物点心，饱食终日无所用心，尸位素餐昏聩颟顸。

变老是一晃。岁月催人老，韶华留不住，不知不觉，一晃就老了，正所谓不知老之将至。人一老，自然是步履蹒跚，鹤发鸡皮，腰弯了，背驼了，眼花了，耳聋了，牙掉了，坐车有人让座了，摔倒无人敢扶了。春华秋实，日出日落，人都有老的一天，惟求老得从容，老得尊严，老得自爱。平时可以晃晃广场舞，晃晃太极拳，唱一曲"最美不过夕阳红"；有余力者也可老骥伏枥，志在千里，失之东隅，收之桑榆。

去世是最后一晃。"人固有一死"，晃着晃着，大限一到，两眼一闭，两腿一蹬，我走了，驾鹤西去，得大自在。"千古艰难惟一死"，死，看似轻松，其实，要晃好这最后一晃，做到寿终正寝，也没那么容易。有的人死得重如泰山，有的人死得轻如鸿毛；有的人流芳百世，英名长存，有的人死有余辜，骂声不绝。如果做不到死得轰轰烈烈，那就力争"死如秋叶之静美"。

人生也就这几晃，每一晃都很重要，哪一晃没晃好都可能会出岔子。

出生那一晃没晃好，就失去了生存权；长大那一晃没晃好，搞不好就会夭折；成家那一晃没晃好，生活便无幸福可言；立业那一晃没晃好，这辈子就算白活了；变老那一晃没晃好，或晚节不保，或为老不尊，都非福音；去世那最后一晃，更应晃得光明磊落，问心无愧。若这几晃都晃好了，便可仰不愧天，俯不愧地，生有价值，死得其所，"此心光明，亦复何言"。

给自己找个对手

　　人生在世，不仅需要朋友，同样也需要有对手。没有朋友，落落寡欢，形单影孤，生活是寂寞乏味的；没有对手，自己唱独角戏，无从激发斗志，潜能很难得到挖掘，也难以达到自己的人生高度。

　　生活上需要对手。喜欢下棋者，要找一个水平相当的对手，才能杀得酣畅淋漓；酷爱打球者，要找一个球技不相上下的对手，方可尽兴过瘾。事业上更需要对手。古往今来，凡是轰轰烈烈的事业，有声有色的历史，都是强大的对手在激烈碰撞的结果。刘、项争夺天下，金戈铁马，刀光剑影，杀得难解难分，于是就有了鸿门宴、十面埋伏、霸王别姬等一幕幕历史大戏生动上演。王安石、司马光斗智斗勇，势同水火，一个要坚决改革，一个要拼命守旧，时而东风压倒西风，时而西风压倒东风，惊心动魄，大起大落，至今为人津津乐道。孔明与周瑜，都是一时人杰，二人既是朋友又是对手，勾心斗角，各展绝技，于是就留下了群英会、草船借箭、蒋干盗书、三气周瑜等美妙传说。

　　鲁迅是伟大的，他的伟大，至少一半要拜对手所赐。看看他的那些对手吧，胡适、林语堂、郭沫若、成仿吾、陈垣，最次也是梁实秋，个个都是国内顶级文人学者，学富五车，满腹经纶。为了与他们论是非，争黑白，鲁迅不得不使出浑身解数，动用了自己的所有知识储备，殚精竭虑，呕心沥血，所以才有了那一篇篇闪烁着智慧光芒的杂文，才奠定了他在现代文学史上的崇高地位。

姚明在美国NBA的前进轨迹，则步步都是在与对手的厮杀中奋力拼搏，步步都得益于对手的激励和进逼。从大鲨鱼奥尼尔，太阳队的小斯，到魔术队的霍华德，马刺队的邓肯，他的每个对手都有自己的绝招，都会给姚明制造麻烦，每个对手都逼得姚明要拿出招数应对，而每战胜一个对手，姚明就前进一步，在与一个个强大对手的较量中，姚明终于成为NBA的顶尖中锋。

无疑，现实生活中，不管你愿意与否，管鲍分金总是没有孙庞斗智多，人生也需要对手，没有对手的人生是残缺不全的。因为，对手可以激发我们的竞争意识，使我们不甘平庸，不肯落后；对手可鞭策我们不敢懈怠，不肯放松，永远进取；对手可使我们保持危机感，始终心存忧患，在激烈的竞争中升华自己，实现人生价值。一个人如果没有对手，很可能就是落后的开始，没有对手，就会自高自大，成为井底之蛙；没有对手，就会自得其乐，"山中无老虎，猴子称大王"；没有对手，就会鼠目寸光，不知有汉，无论魏晋；没有对手，就会裹足不前，得过且过，最终被时代所抛弃。

因而，我们如果没有对手，就要主动给自己找对手，可在身边找，也可在千里之外去找；可在今人中找，也可在古人中找；可在中国人里找，也可在外国人里找；可以是真实的对手，也可以是虚拟的对手，说到底，也就是要找个追赶的榜样，找个竞争的对象，找个可以激励自己的目标。一看到他，我就能发现自己的不足，觉察出自己的差距；一和他比较，我就不敢懈怠，就得打起十分精神去迎战；一想起他，我就充满了不服输的劲头，我就渴望真刀真枪地比一回，分个输赢高下。倘若有了这样的对手做伴，能树立强烈的对手意识，时时在激励、鞭策我们，奋斗几十载春秋，我们即便成不了伟人名流，也不会一事无成，即便不会名闻天下，也不会蹉跎人生。我们将在和对手的不断较量中，成长成熟，趋善趋美，走向自己人生的辉煌。

人得怕点什么

　　人生在世，总得怕点什么。
　　从人生经历来说，小时怕父母，上学怕老师，就业怕领导，结了婚怕媳妇，有了孩子怕输在起跑线上，老了怕没人管。从行业来说，小偷怕警察，小贩怕城管，明星怕过气，作家怕才尽，股民怕熊市，商人怕赔本，歌手怕走调，舞女怕崴脚，贪官怕纪委，富二代怕坐吃山空，吸毒艺人怕"朝阳群众"等，不一而足。
　　孙猴子，那可是个天不怕地不怕的主，连玉皇、如来都不放在眼里，可他却怕师傅念紧箍咒。黑旋风李逵，两把板斧抡起来，天下无敌，就是怕燕青，他一犯浑，燕青就出来教训他，一摔一个跟头。
　　唐太宗，一代令主，文武双全，打遍天下无敌手，可他却怕魏征。一次，他正在玩鸟，魏征进来议事，他怕魏征批他玩物丧志，就把鸟藏在衣袍里。等魏征走后，他的爱鸟已活活憋死了。
　　胡适之，文化泰斗，五四领袖，对封建遗老口诛笔伐，所向披靡，为白话文辩护唇枪舌剑，势如破竹，可他也有一怕——怕老婆。他老婆江冬秀，文化不高，小脚女人，胡适说："我属兔，内人属虎，兔子当然怕老虎。"他还号召男人们要"三从四得"，即"太太出门要跟从，太太命令要服从，太太说错了要盲从；太太化妆要等得，太太生日要记得，太太打骂要忍得，太太花钱要舍得。"

怕还有多种。穷人怕没钱，衣食住用无法开销；老人怕生病，一是自己受罪，二是拖累子女；美女怕衰老，人人怕老，美女尤甚，因为人家是靠颜值吃饭的，美人迟暮色衰失宠可是天大的事；干事业的人怕浪费时间，虚度光阴，常常争分夺秒，夜以继日；政治家则怕历史定评不高，怕辜负人民期望。

"初生牛犊不怕虎"常被视为美谈，这话当两说。如用于表示年轻人敢闯敢干，无所畏惧，自是佳话。另一方面，若是因为幼稚，不知老虎厉害而无知者无惧，那就未必是好事，不管怕不怕，老虎照样要吃掉它。常识说，老虎吃掉的牛犊比成年牛要多得多。

怕死，一直是个敏感话题，其实也很正常，蝼蚁尚且贪生，没人不怕死。但我们也常见有轻生死者不怕死的举动，那或出于不得已，或有比生命更重要的东西，值得拿生命去换。譬如为大义自愿赴死的文天祥，为事业不惜牺牲的谭嗣同，为天下苍生捐躯的林觉民，"视名誉重于生命"士可杀不可辱的容国团，其生，灿若日月，其死，重于泰山。一般情况下，我们还是应不轻言牺牲，不轻涉险境，不拿生命开玩笑，毕竟生命只有一次，理当珍惜。

反之，什么都不怕的人很可怕。明末的张献忠，"不怕官兵不怕匪，不怕皇帝不怕天"，滥杀无辜，草菅人命，以至于四川人口锐减，土地荒芜，最后不得不来个"湖广填四川"。文革时江青说自己是"秃子打伞，无法无天"，结果胡作非为，四处煽风点火，导致天下大乱，民不聊生，至今想起仍让人心有余悸。

人，还是怕点什么为好。政府首脑，怕舆论批评，怕网民曝光，就

081

会勤政善政，求真务实；莘莘学子，怕蹉跎岁月，怕一无所获，就会寒窗苦读，不负春光；明星大腕，怕观众抛弃，怕边缘化，就会努力演戏，精雕细刻；部队官兵，怕战备松弛，怕外敌入侵，就会居安思危，苦练精兵；大小官吏，怕纪委谈话，怕组织调查，就会拒绝诱惑，洁身自好……怕，然后会有忌惮，会有所为有所不为；怕，就会循规蹈矩，小心谨慎，不触犯法律，不挑战规矩，不越雷池一步。

孙猴怕念紧箍咒，最后修成正果；唐太宗怕魏征，成为一代明君；胡适之怕老婆，心无旁骛，一心向学，终成学术泰斗，可见，古今圣贤，皆得益于一个怕字！

做个普通人挺好

　　在几乎人人盼出名,个个想当名人的时代,我想逆潮流而动,说句扫兴的话:做个普通人挺好。

　　或曰,你这不过是没吃到葡萄就说葡萄酸、当不上名人的自我安慰。这话也颇有几分道理,的确,像我这样一个普通人来如此表白,是没什么说服力。但换个名人说呢,你信不信?

　　譬如蒋方舟,这可是一个从九岁就成名的天才少年作家,十几年来一直盛名不衰,屡有新闻。可是,她在一篇文章里说,我在豆瓣网上查看网友对我新书的评价,其中看到这样一条评价:你9岁出书是天才少年,15岁是才女,23岁成为《新周刊》副主编,25岁就是普通人了。看到这里,我心里立刻有一种如释重负的感觉,那颗笼罩在头顶上的"天才""才女"的光环全消失了,不禁大喜:终于成了普通人,普通人的感觉真好!

　　再如比尔盖茨,这是个名气比蒋方舟要大N倍的超级名人,世界首富,其一举一动都会成为新闻,一颦一笑都可能被炒作,放在别人身上根本不是事的事，到了他这儿都会万众瞩目，引发争论，这也让他烦不胜烦。曾有记者采访他，问什么是幸福，他很诚恳地说："像一个普通人那样，没有保镖跟随，没有狗仔队盯梢，自由自在地去公园散步，陪家人逛街，就是我的最大幸福。"看到这里，你我这些普通人是不是幸福感油然而生，幸福指数陡然上升，首富说的这些不正是我们每天都在进行着的稀松平常事嘛。

可是名人就不行，他没这个自由，因为是名人，又广有钱财，不带保镖去公园，遭坏人绑架怎么办？这可不是杞人忧天，那些绑匪就是整天盯着名人、富人的。1996年，华人首富李嘉诚的长子李泽钜就被大盗张子强绑架，赎金多达10亿元，这是我们想都不敢想的数目。想想看，若是我等普通人被绑，那就只有等死的份了，当然，绑匪们也瞧不起俺们：就你那俩小钱，还不够塞牙缝的。

由此可见，名人蒋方舟"普通人的感觉真好"的喟叹还真不是故作矫情。平心而论，咱普通人固有许多不如名人之处，头顶没有光环，出门没人认识，包里没那么多细软，但咱也有自己的优势，也有让名人羡慕不已的地方，大可不必自惭形秽，自灭威风。

名人得随时注意形象，不仅要穿名牌，跟潮流，赶时髦，还要防止与人撞衫，一不小心，衣服鞋帽搭配不适，刻薄的媒体立刻会大做文章，冷嘲热讽。名人在公共场所不能扣鼻子，不能打哈欠，不能乱说话，不能面无表情，也不能表情夸张，更不能走光露底，因为许多个镜头都在盯着你呢，弄不好丑态就上了娱乐版。而咱们普通人，想穿啥就穿啥，只要自己觉得舒服就行，想干嘛就干嘛，只要不是违纪违法，咱拥有人间最宝贵的自由，换啥也不给。

名人还要想方设法保持知名度。名气这东西就像鲜花，不会永远绽放，长盛不衰，所以，名人们为保持名气还要想方设法，不断为自己炒作、加料，频频作秀、出镜，以免被人冷落，也是很累的。普通人就没这些烦恼，没有名气自然就不需要去保持名气，更不需要讨好媒体，取悦粉丝，活得轻松自在，潇洒悠闲，吃也香甜，睡也安稳。

名人几乎没有隐私，稍有不慎，就会成为花边新闻登上大小报刊的娱乐版，闹得满城风雨。因而，一些名人不敢恋爱，不敢结婚，结了婚还不敢让人知道，怪不得许晴、李冰冰、秦岚、俞飞鸿那些大美女至今还待字闺中，也实在是憋屈啊！哪像咱们普通人，想爱就爱，快意恩仇，看上谁就大胆追求，对上眼就直接登记，不管他人说三道四，只要自己高兴就好。

咱是普通人，吃普通饭，穿普通衣，住普通屋，开普通车，自由自在，无拘无束。真心觉得，做个普通人挺好！

每个人都是独一无二的

　　凯撒是千古一帝，佛祖是唯我独尊，孔子是空前绝后，孔明是国士无双，周树人以风骨独立于世，钱钟书以学问独步天下……人们习惯于向这些风流人物顶礼膜拜，自觉而虔诚地匍匐在他们脚下山呼万岁，似乎只有他们是独一无二的，是造物主得天独厚的宠儿。

　　其实，芸芸众生，你我每人都是独一无二的。不仅是因为我们具有独一无二的指纹，独一无二的DNA，独一无二的虹膜，还有与众不同的容貌，独具一格的秉性。哲学家说"世界上没有两片完全相同的树叶"，你我他也是绝对不可复制的人间"绝品"，前无古人，后无来者，特立独行也可以是我们的选择。

　　老话说"天上一颗星，地上一个丁"，我们每个人都是天上一颗星宿，或灿若北斗，或亮如太白，或形似天狼，可不敢小看自己哩。都是父精母血，都是十月怀胎，都是独一无二，你不比谁低半头，堂堂正正当是我们的常态。分工有不同，术业有专攻，或许我是小区独一无二的鞋匠，你是学校独一无二的校工，她是公司独一无二的会计，他是单位独一无二的司机，离开我等，虽不会地球停转，但在我这一亩三分地里，就会出现暂时的真空，有些事就做不成。

生物百态多样，人有千差万别。我们可能长相丑陋，但却是父母无比珍爱的宝宝；我们或许家计贫寒，但在儿女眼里却是慈爱的父母；我们可能拙于挣钱谋生，但在妻子那里却是亲爱的夫君；我们尽管普普通通，但在上帝那里，都是他精心庇护的子民，金钱权势绝不是进入天堂的通行证。

林肯貌丑，脸长如马，皮肤粗糙，常被小朋友取笑，他一时居然没勇气去上学。妈妈对他说：男子汉不靠脸蛋打天下，聪明好学才是最珍贵本钱，要比就比这个。后来，林肯果然靠着聪明才智与顽强精神一举成名，创立了独一无二的业绩，成了美国历史上最伟大的总统。他的著名长脸，也永远定格在美国总统山上，供后人景仰。

司马相如口吃，也是人们嘲笑的对象，司马迁在《史记》中写到"相如口吃而善著书"。他就扬长避短，发愤苦读，博览群书，遍访名师，精心著述，最后成了西汉独一无二的大辞赋家，后人称之为赋圣。鲁迅曾在《汉文学史纲要》中指出："武帝时文人，赋莫若司马相如，文莫若司马迁"，所以他和司马迁又并称为"两司马"。而且，他在情场、商场、官场全面丰收，这在历史上也是独一无二的。

贝多芬耳聋，是音乐家里独一无二的聋子。贝多芬26岁就出现严重耳鸣，后来完全失去听觉，这对音乐家来说是致命打击。但生性倔强的贝多芬却紧紧"扼住命运的喉咙"，在耳聋后仍以惊人的毅力创作了《第九交响乐》等大批作品，成为即便不是独一无二也是历史上最伟大的音乐家。

我们可能不是明星、名人，没有什么事迹被传颂；我们可能势不如人，钱不如人，但精神不能萎靡。必须坚信，每个人都是独一无二的，能来到这个世界，就是一个奇迹。每个人都有自己的生活轨迹，都有自己的人生追求，都有自己的生命价值，不要拿别人的成就来贬低自己，不要以别人的评判来要求自己，我们没有任何理由自轻自贱、自卑自惭，精神自宫比肉体自宫更可悲。因而，无论何时何地，都请你直起腰，抬起头，两眼平视，不向任何人屈膝，不向任何人献媚，就像《简爱》里女主人公简对罗切斯特说的那段话："你以为，因为我穷，低微、不美、矮小，我就没有灵魂没有心么？你想错了！我的灵魂跟你的一样，我的心也跟你的完全一样！"

正因为人人生而平等，我们每个人都是独一无二的。

根本没人注意你

朋友老李讲了一个笑话。他的妻子都一把子年纪了，每次上街前，还要反复打扮，一丝不苟，就像出席以她为主角的婚宴似的。不耐烦的老李，每每打击她的积极性：别费那个劲了，根本就不会有人注意你。她却不为所动，还是我行我素。有一次，老李实在受不了了，就对她说，如果今天上街有人注意你，哪怕就和你说一句话，回来我把这一周的做饭、洗碗全包了。你还别说，街上真有一个人和她说了一句话：大姐，行行好吧——估计您也猜到了，是个乞丐。

我也有过类似的经历。爬格子20多年来，我发表过好几百万字的东西，曾被朋友戏称"高产作家"，名字每年也有数百次出现在报刊上，总以为自己有点名气了，每以作家自居，感觉良好。可是，参加过几次作家聚会，去时皆踌躇满志，回来时像撒气皮球——几乎没人知道我是写什么的，更没人注意过我发表过什么作品。也有作家出于客气，对我当面恭维：久闻大名！可一转脸，分明听见他在问人：这位是写什么的，怎么没一点印象？

我的女儿毕业于清华大学建筑系，后来到美国哈佛大学读研究生，毕业后在上海一家外企当白领，不到30岁就拿到百万年薪，要说这都是够露脸的事，在我住的小区肯定是独一份。像我这样虚荣心强的人，恨不得让全世界的人都注意，可遗憾的是，就是一个门洞里的邻居都不知道。有时我和同门洞里的高邻一起乘电梯，无话找话，互问儿女情况，我这才找到炫耀机会。可下一回再见面，又谈起同样的儿女话题，人家根本就没印象，让我很是郁闷。

直到看到美国埃默里大学教授马克·鲍尔莱因在《最愚蠢的一代》里那句话："一个人成熟的标志之一就是，明白每天发生在自己身上99%的事情，对于别人而言没有任何意义。"我才释然并醒悟，像我们这些普通人，实在没必要在意别人的评判议论，因为根本没人注意你。时常看到有人小有错误或偶尔受挫，就喊着叫着"没脸见人"了，"丢死人了"等等，其实都是自己的自作多情罢了，没人会关心你的家长里短，你那点事甚至连进入人家的茶余饭后谈资都未必有资格。

所谓"人言可畏"，那也主要是对阮玲玉那些名人而言。说实话，我们这些凡夫俗子，根本没有值得大伙说三道四的"新闻价值"，有功夫人家还不如去注意干露露如何大胆裸露，郭美美怎样炫富，李天一怎么去"拼爹"，芙蓉姐姐怎么去露丑，凤姐怎么去卖萌雷人……那些东西纵无价值，总还使人更有兴趣些，至少也能博人一笑。

即便是红极一时的明星，想引人注意也不是件容易事。所以，常见到那些明星出演的影视剧即将上映之际，就往往要故意闹点真真假假的绯闻出来，或发生情变，或夜店买醉，或与导演闹翻，或另结新欢，或朋友生隙，花样百出，目的只有一个，就是想引人注意，以换取收视率。

明白这个道理，我们就会轻松很多。既然没人注意，我们虽然还要堂堂正正做人，但就不会再留意那么多风言风语，不会给自己增添那么多精神负担，就会坦然自若地干自己该干的事，直抒胸臆地说自己想说的话，想笑就放声大笑，不必在意是否失态，想哭就涕泪交加，无须考虑表情如何。因为你固然没资格流芳百世，自然也不可能遗臭万年——那也是桓温、秦桧、和珅、汪精卫们的"专利"。

没人注意，也是一种幸福。记得华人首富李嘉诚曾对记者说："我的最大幸福，就是在没人注意的情况下逛逛街，买买菜，吃吃大排档。"而我们不是每天都在享受这种幸福，自由自在地、没人注意地逛大街、逛公园、吃街头小摊吗？——因为"我是一棵无人知道的小草"。

我想和你聊天

聊天，是生活的重要内容。但并非和谁都能聊到一块，如没共同语言，鸡同鸭讲，"硬聊"肯定很难受，总不能老是说"天气很好"吧。再就是，聊天要图个愉快，要不然就会"话不投机半句多"。看见一篇微博：跟十种人聊天最有收获。受其启发，我最想和以下这几种人聊天。有收获固然好，聊个心情高兴也不错。

天真无邪的四五岁娃娃。娃娃说话，奶声奶气，无拘无束，想啥说啥。与他聊天，可以不设防，没负担，无目的，绝功利，不假思索，信马由缰，轻松愉快。听其幼稚的声音，以回忆自己的美好童年；观其活泼的举动，以激发自己的青春活力；体味其童真想法，则可净化自己的蒙尘灵魂。

饱经沧桑的耄耋老翁。他经历过多年风雨，品尝过甜酸苦辣，早已看破生死，无欲无求。既有"白头宫女说玄宗"之资，且深谙生命的真谛，会告诉我路怎么走，桥如何过，看重什么，小瞧什么，面对灾难怎样坚持，坦然把握人生起落，字字珠玑，句句厚重，端的是"听君一席话，胜读十年书"。

生活窘迫的下岗工人。与他交谈，我知道这世界上还有比我活得更艰辛的人；与他相比，我没有理由埋怨命运对我不公；与他对话，我明白其实平时拼命争的许多东西并非必需；听他感悟，我懂得人更重要的是活一个心态，因而学会了知足常乐，珍惜幸福。

白手起家的亿万富翁。我羡慕他的亿万家财，更想了解他的成功秘诀，听他闲谈，可获得具有实战价值的励志经验，知道如何抓住机遇，怎么样去拼搏奋斗，怎样挣得第一桶金，需要什么样的冒险精神。他是在商言商，我却可融会贯通，举一反三，学其精髓，借其经验，将会受益无穷。

学富五车的名流泰斗。我想做个有学问的人，但又受不了皓首穷经、青灯黄卷之孤寂，那么，听名流谈治学体会，觅得真知灼见，学海无涯或可觅一轻舟；闻泰斗读书方法，请其指点迷津，书山有路或可寻一捷径。有此一语见教，也许会茅塞顿开，收事半功倍之效。

身患绝症的晚期病人。与他交谈，是沉痛并压抑的，但也会别有收获。从他那里，我会懂得要更加珍重生命，要格外关爱亲人，要及时享用生活；听他的人生省悟，会启发我看淡生活中的鸡虫得失，把各种恩怨是非视为过眼云烟，活得潇洒豁达一些。

战胜过我的竞争对手。他曾经与我厮杀战阵，刀枪相见，最知道我的缺点、弱点，最了解我的性格短板。如能与他共话，听他历数我的失误、漏洞，总结我的走麦城教训，分析我的优劣之势，定会使我如醍醐灌顶，翻然醒悟，及时堵漏补缺，实力陡增，如再次较量，那就胜败未知了。

走遍天下的旅行达人。身处一隅，无论如何博览群书，纵是"书上得来终觉浅"，难免孤陋寡闻，有井底之蛙之嫌。如无"行万里路"的机会，那就不妨多听听那些四处游历、见多识广的旅行家摆摆龙门阵，由此可略知万里之外人土风情，可了解异乡他国之奇异习俗，开眼界，广见闻，无论治学为文，还是为官从政，都会境界自高。

我还想和美女加才女聊天。台湾著名作家柏杨曾说过："这世上美女少，才女更少，美女加才女少之又少。万一遇到，能娶则娶之，不能娶也要多看几眼，以志纪念。"与美女加才女聊天，观其容貌可饱眼福，听其谈话可长见识，一举两得，何乐而不为。当年，林徽因在北平的"太太会客厅"，有多少名人打破头往里挤，估计都是与我英雄所见略同。

抢戏

有一阵子，著名演员甄子丹、赵文卓因抢戏结仇的传闻，被媒体炒翻了天。抢戏，在娱乐圈里是很普遍的现象，身为艺人，谁不想让自己多露脸，谁不想多表演几个镜头？当然，抢戏要适可而止，抢戏一多就乱了规矩，所以，抢戏过分的人又被圈里称为"戏霸"，演员都不愿与他合作，导演也不敢用他。

抢戏的本质，无非就是想突出自己，表现自己。因而，实际上，抢戏现象在各个领域都有。有的抢戏，不顾剧情，不顾人物，一味地卖弄，既搅了别人的戏，又破坏了整个舞台气氛，那自然是抢戏的败笔。也有的抢戏，抢得恰到好处，合情合理，众人服膺，取得意外好的效果。所以，不能一概而论说抢戏都不对。

三国时的杨修为何横死，说到底，就是因为他抢了曹操的戏。杨修才华横溢，学识渊博，因而就免不了有喜欢显摆的毛病，可他又在同样学问不小心胸却不大的曹操手下当差，文人相轻的矛盾早晚要爆发。破解"黄绢、幼妇、外孙、齑臼"为"绝妙好辞"时，杨修抢了曹操一回戏，就让他不快。操尝造花园一所，取笔于门上书一"活"字而去，又是杨修解为"门阔"之意，"操虽称美，心甚忌之"。曹操书写"鸡肋"二字为令，杨修马上识破其意，告诉部下准备撤兵，曹操实在是忍无可忍，终于痛下杀手。

赤壁大战，本来吴为主，蜀为辅，周瑜唱主角，诸葛亮唱配角，但在《三国演义》里，诸葛亮却巧施计谋，舌战群儒，草船借箭，智借东风，抢戏不少，虽说有喧宾夺主之嫌，但都于大局有利，起到重要补台作用。可惜的是，心高气傲胸襟狭窄的周瑜却耿耿于怀，怀恨在心，"既生瑜，何生亮？"一再挑起事端，却损了夫人又折兵，最终被"三气"而死，酿成悲剧。

抢戏抢成千古美谈的，则非王勃莫属。他去海南探亲路过南昌，南昌都督阎伯舆在滕王阁大摆宴席，名为邀请远近文人学士为滕王阁题诗作序，实则是让自己女婿执笔以显示才华。大伙都心知肚明，故意装怂，偏偏毛头小子王勃出来抢戏，不管不顾，笔走龙蛇，挥挥洒洒，文成，举座四惊。今日思之，真得感谢王勃的抢戏，才有《滕王阁序》那样的传世美文，才有"落霞与孤鹜齐飞，秋水共长天一色"那样的神来之笔。

袁世凯历来被称为"窃国大盗"，其实也是抢戏所致。中山先生领导革命，千辛万苦，九死一生，屡战屡败，屡败屡战，好不容易才拉开民国共和大戏的序幕，袁世凯却挟兵自重，出来抢戏，当了大总统还不满意，还要当皇帝，开历史倒车。抢戏到了这个份上，人神共怒，天地不容，他是非倒台不可。袁世凯的教训就在于太贪，抢戏不知有度，不知节制，欲壑难填，因而弄巧成拙，遗臭万年

在不影响大局的情况下，能容忍别人抢戏，也是美德。2011年，北京篮球队首次夺得全国联赛冠军，击败了实力远在自己之上的广东队，就与主教练闵鹿蕾容忍外援马布里抢戏有关。本来，布置战术是主教练的事，但经验丰富的外援马布里不仅在场上出色发挥，而且一再在关键

时刻越俎代庖，指手画脚，毫不顾忌主教练的脸面，而闵鹿蕾却十分大度地对待马布里的抢戏，支持他的战术布置。这样，将帅同心，无私合作，终于篮坛折桂。

抢戏这种事，一般说是有违常规的，不论是在舞台上还是在社会上，毕竟分工已定，主次有别，角色们应各就各位，各尽其责，方可成就大局。但如果主角不力，配角出来抢戏，领导无能，部下出来抢戏，大将失常，副将出来抢戏，也是常有的事，而且可以收到意外效果。但什么时候抢戏，抢到什么程度，都有一定讲究的，不能随心所欲，不能毫无节制，一个人如果屡屡抢戏，无所顾忌，让领导没面子，令同事无颜色，被人称为"戏霸"，那就很难做人处世了。

何妨以植物为师

在骄傲的人类眼里，那些不会言语，无法思考的植物，不论小草或大树，除了能带来碧绿，涵养土壤，光合氧气，提供食物，就是木木地长着，悄悄地死去，别无所长。其实不然，如果我们低下头来，认真观察，虚心研究，就会发现，植物有许多"过人之处"，值得我们敬重、借鉴、师法。

顽强坚韧。岩峰里的松柏，屋顶上的衰草，只要有一丁点泥土，它们都能够破土而出，倔强地成长，而不会埋怨造物主对自己的残忍和薄情。就像京剧《沙家浜》里唱的那样"泰山顶上一青松，挺然屹立傲苍穹。八千里风暴吹不倒，九千个雷霆也难轰。烈日喷炎晒不死，严寒冰雪郁郁葱葱。那青松逢灾受难，经磨历劫，伤痕累累，瘢迹重重，更显得枝如铁，干如铜，蓬勃旺盛，倔强峥嵘。"

柔韧不折。台风来了，雷霆万钧，横扫一切，墙倒屋塌，路垮桥断，令人谈之色变。可海岸边的防风林却安然无恙，它们固然可以被台风刮得摇摇晃晃，甚至匍匐到地上，但台风一过，雨过天晴，依然挺拔、翠绿，郁郁葱葱，焕发出勃勃生机，堪称能伸能屈大丈夫，坚忍不拔真君子。

忍耐等待。撒哈拉沙漠有一种植物，如果没有雨水，可以数年潜伏地下，积蓄力量，一旦天降甘霖，它就会抓住机遇，以最快的时间发芽、开花、结果。最能忍耐的一粒种子，你无论如何也想不到，那就是1951年在辽宁省普兰店泡子屯村的泥炭层里发现的古莲子，据探测它们已在地下睡了一千年左右，经过精心培养，古莲子不久就抽出嫩绿的幼芽，两年后就开出了粉红色的荷花。

灵活机动。南美洲卷柏，旱季时枯萎焦干，"死"得很难看；一旦有水滋养，便轻松"还魂"，郁郁葱葱。如果旱的时间太长，它们还会"背井离乡"，从地里挣脱出来，变成一个圆球，随风迁徙，遇上水源则又变回原形，扎下根来。它们的颜色也会不断变化，旱时淡绿色，减少水分蒸发，雨季时深绿色，充分吸收阳光。

把根扎深。俗话说："树有多高，根有多深。"把根扎深才能吸收尽可能多的水分和营养，在非洲安哥拉沙漠里，有一种灌木叫阿康梭锡可斯，高和人差不多，全身不长一片叶子，可是根长达15米，十年不下雨也死不了。而毛乌素沙漠里的英雄树胡杨的根最长可达百米，所以才能千年不死，千年不倒，千年不朽。

适应性强。雪山之巅有雪莲，沙漠深处有红柳，万米海底有珊瑚，盐碱地里有刺槐、泡桐，再荒凉、贫瘠的地方，都有植物顽强的身影。天气奇寒，有傲雪红梅；酷热难耐，有莲花怒放，秋风扫落叶，有菊花斗霜，再恶劣的天气，都挡不住植物们的摇曳生辉。它们不放弃，不抛弃，从不自卑，不怕寂寞，也不因其小、其丑就自惭形秽，该开花就开花，该结果就结果，傲然于天地之间。

试想，一个人如果坚强似岩峰松柏，柔韧如海岸防风林，灵活如南美卷柏，忍耐如古莲子，把根扎深如胡杨，像梅兰竹菊那样贞守气节，又能适应各种艰苦环境，那就任何困难都压不倒他，在什么环境里都能成长壮大，他就没有不成功的理由，就必然会脱颖而出，成就一番伟业。回首历史，忍耐等待的姜子牙，卧薪尝胆的勾践，忍辱负重的司马迁，能伸能屈的韩信，忠贞不渝的苏武，折腾不垮的苏东坡，坚强不屈的文天祥，百折不挠的孙中山，爬雪山过草地的红军队伍，分明就是人中松柏胡杨，梅兰竹菊，雪莲红柳，因而万众敬仰，千古留名。

读读《宽心谣》

佛学大师赵朴初先生92岁时写过一首《宽心谣》,通俗易懂,朗朗上口,且贴近生活,所以流传甚广,颇受人们喜爱,至今读来仍发人深省:

日出东海落西山,愁也一天,喜也一天;
遇事不钻牛角尖,身也舒坦,心也舒坦;
每月领取养老钱,多也喜欢,少也喜欢;
少荤多素日三餐,粗也香甜,细也香甜;
新旧衣服不挑拣,好也御寒,赖也御寒;
常与知己聊聊天,古也谈谈,今也谈谈;
全家老少互慰勉,贫也相安,富也相安;
早晚操劳勤锻炼,忙也乐观,闲也乐观;
心宽体健养天年,不是神仙,胜似神仙。

赵老的《宽心谣》讲的都是不起眼的生活琐事，但又都与每个人息息相关。处理好这些家长里短，保持良好心态，进可建功立业，奉献社会，退可享受生活，颐养天年。不夸张地说，非大智慧不能悟出这番道理，认真践行则会受用无穷，"身也舒坦，心也舒坦"。

或有人认为，这些说道都是那些与世无争、心灰意懒的中老年人的自我安慰，自我调适。其实不然，大千世界，芸芸众生，无论是意气风发的青年才俊，还是垂垂老矣的退休人员，无论是志得意满的高官显爵，还是无品无级的斗升小民，都需要有一个健康的心态，都需要宽阔的心胸，都需要"忙也乐观，闲也乐观"，不如此，你将心有羁绊，胸似牢笼，处处受制，步履维艰。

西哲有句名言说：世界上比大海宽阔的是天空，比天空宽阔的是人心。我们的老祖宗则说得更形象：宰相肚里能撑船，将军额头能跑马。古往今来。那些活得比较潇洒的成功者，那些得享天年的长寿者，无一不具有宽阔的胸襟，宏大的度量。他们与人相交，有容人之心胸；谋事兴业，有承受失败之襟怀，幸运的果实砸在他们头上，绝不是偶然的。

有人为什么会自寻短见，原因固然很多，但归根结底就是三个字：心窄了。心一宽，多大的事都不叫事，天塌下来也照样该吃就吃，该喝就喝；心一窄，屁大的事都要寻死觅活，一根稻草就能把人压垮。我们冷眼旁观，其实一些自杀者的理由都不是什么了不起的大事，譬如情人失恋、商家破财、夫妻吵架、赌徒赔本，还有高考失败、股市折戟、官场失意、明星遇冷等，大都是因为"心一窄"，便走上不归路，其实是很不值的。如果要对那些有轻生倾向的人对症下药，最好的药方就是俩字：宽心。

宽心，就是要看轻身外之物，淡泊名利。钱财上的事，"多也喜欢，少也喜欢"；一日三餐，"粗也香甜，细也香甜"。平心而论，人的物质享受是很有限的，所谓"日食一升，夜眠八尺"，再多都是浪费了，又何必事事都斤斤计较，处处要与人一竞高低？

宽心，就是宽容自己也宽容他人。人非圣贤，皆有瑕疵，因而，与人相处，不必苛求，最好是各留一分天地，相互并行不悖，自己往宽里走，也让别人向宽里行。即便是狭路相逢，也不必斗得你死我活，力求双赢是上策，或者各退一步，以求得海阔天空，云淡风轻。

宽心，要达观处世，乐观生活。人生在世，活的就是个心态，既然是"愁也一天，喜也一天"，干嘛要终日愁眉苦脸的，还是"哭比笑好"。不妨学学齐白石，宠辱不惊，"人誉之一笑，人毁之一笑"；学学苏东坡，苦中作乐，"百年须笑三万六千场，一日一笑，此生快哉！"

《宽心谣》，既有俗世之家常，又有佛家之禅意，既有出世之洒脱，又有入世之务实，乃大雅大俗之作，通透达观之文。常读《宽心谣》，吸收其精华，领会其要旨，心会变宽。心一宽，眼界就宽，胸襟就宽，生活之路就宽，朋友圈就宽，纵横驰骋的天地更宽，"天高任鸟飞，海阔凭鱼跃"，自然就会左右逢源，八面来风，"不是神仙，胜似神仙"。

第三辑　千古寸心

美景与美文

唐代著名诗人张说，三次为相，系开元前期一代文宗，品评文苑，奖掖后进，深孚众望。他为文俊丽，用思精密，与许国公苏颋齐名，号称"燕许大手笔"，当时朝廷的重要文告，多出自这两人之手。特别是他被贬谪到岳州后，终日流连于美景之中，受山川日月之熏陶，诗风大变，凄婉深沉，更加感人。《新唐书·张说传》说他"既谪岳州，而诗益慎惋，人谓得江山之助云。"

"得江山之助"，换言之，就是美景能助产美文，即形容清雅、拔俗的诗文借助于自然山水的熏陶感染。这确实是一条屡试不爽的艺术规律，古往今来，许多文化人都由此大得裨益，感受深刻。南朝梁刘勰《文心雕龙》说："屈平所以能洞监《风》《骚》之情者，抑亦江山之助乎。"唐张彦远《历代名画记》也说：董伯仁"动笔形似，画外有情，足使先辈名流，动容变色。但地处平原，阙江山之助。"

相比较而言，诗人生性浪漫，想象丰富，多愁善感，尤其易为美景所动，写出佳作，是得美景之益最多的。苏东坡贬谪黄州，每日里布衣芒履，出入阡陌，或江上泛舟，或登高望远，或凭吊古战场，"故其胸次洒落，兴会飞舞，妙诣入神。"于是就有了千古极品《赤壁赋》《后赤壁赋》和《念奴娇·赤壁怀古》。

号称人间天堂的杭州的青山绿水，美景佳地，催生了柳永的名作《望海潮》。此词流播，不胫而走，金主亮闻歌，欣然有慕于"三秋桂子、十里荷花"，遂起投鞭渡江之志。

对于这种文学现象，同样感同身受的陆放翁的总结可谓切中肯綮："挥毫当得江山助，不到潇湘岂有诗？"正所谓诗人得美景之助，诗坛之幸；美景入诗人笔端，美景之幸。

被誉为"乡土文学之父"的沈从文，如果不是自小生活在美丽的凤凰古城，如果不是这里的山水滋润养育，怎么能写出脍炙人口的《边城》《长河》《湘行散记》。昔日，沈从文得了凤凰古城的美景之助，今天，则因他的湘西系列小说，凤凰古城已成为闻名遐迩的旅游热点城市。游人们慕名而来，在这里寻找风味独具的吊脚楼，寻找碧溪岨的白塔，寻找美丽的船家少女翠翠，也寻找大作家沈从文的生长轨迹。

还有梭罗笔下幽雅的《瓦尔登湖》，鲁迅笔下古朴的《三味书屋》，萧红笔下粗犷的《呼兰河传》，三毛笔下浩瀚的《撒哈拉的故事》，俞平伯笔下曼妙的《桨声灯影里的秦淮河》，孙犁笔下明丽的《荷花淀》，余秋雨笔下多姿的《山居笔记》，美文与美景珠联璧合，作家固然得美景之助，美景又何尝不得作家之助？

美景孕育美文，美文反哺美景，美景可刺激作家的创作欲望，美文可提升美景的知名度，这是相得益彰屡见不鲜的文坛佳话。而那些坐在书斋、宾馆里写成的美文，多系矫揉造作，无病呻吟的"伪美文"，因其不接地气，没有灵性，读之总觉得虚假矫情。

所以，真心想写作美文的作家，一定要走出家门，遍寻锦绣胜景，游历名山大川，以广胸襟，以增见识，以升眼界，以富情趣，方可字字珠玑，文采斐然，下笔如有神，即如"东临碣石，以观沧海"的曹操，风尘仆仆来到滕王阁的王勃，不辞辛苦登上泰山之巅的杜甫。上海女作家潘向黎说得好，古人"读万卷书"为广博学识，"行万里路"则求"江山之助"，二者相得益彰，缺一不可。此言极是，于我心有戚戚焉。

沾点"文气"

莫言获诺贝尔文学奖后,被国人视为天上文曲星下凡,来他山东高密老家里参观拜谒的已有上万人,莫言家里的草,地里的菜,都给人揪去了,抠墙皮、挖砖块的也不少,据说就是想沾沾莫言的"仙气"。莫言在北京大学参加活动时无奈地说:"我父亲打电话说,昨天老家又来了200多人,真的受不了。但邻居们挺开心,我老屋那儿有摆书摊的、卖零食的,还有人卖盗版书的。"

莫言是个文人,身上的"仙气"也就是"文气"吧。所谓"文气",指文章或作者所体现的精神气质。古人论"气",即为某种构成生命、产生活力、体现为精神的抽象物,无形而无所不在。万物有了"气",就获得生命活力,文章与文人也是如此。所以《文子·十守》说:"夫形者,生之舍也;气者,生之元也;神者,生之制也。"

文贵有气,有了气,就有了魂,文章就生动起来,就能感染人,说服人,就能侧身佳文名篇,传之久远。先秦文章,有不羁之气,敢想敢说,勇于标新立异;两汉文章,有英雄之气,大义凛然,高屋建瓴,读来酣畅淋漓；六朝文章，有奢靡之气，辞藻华美，可见雕琢之功；魏晋文章，有玄虚之气，不拘礼节，读之有成仙得道之感；唐宋文章，文起八代之衰，有繁茂之气，纵横开阖、波澜起伏……历代文章"气"各不同，但各有千秋，各具辉煌。再具体点，就说这四大名著吧，《三国演义》有纵横捭阖之气，《水浒传》有豪侠刀枪之气，《西游记》有鬼怪仙佛之气，《红楼梦》有缠绵脂粉之气，人物生动，情节曲折，大开大合，无不引人入胜。

　　文人贵有气，有了气，就有了骨，就能特立独行，高树一帜，千百载文坛上都会有其位置。太史公，有耿耿正气，直言不惧斧钺，为文月旦千秋，终成"无韵之离骚，史家之绝唱"。李太白，有飘逸仙气，"酒入豪肠，七分酿成了月光，还有三分啸成剑气；秀口一吐，就是半个盛唐"（余光中语）。苏东坡，有豪放之气，"学士词，须关西大汉、铜琵琶、铁棹板，唱'大江东去'"；柳三变，具婉约之气，"柳郎中词，只合十七八女郎，执红牙板，歌'杨柳岸，晓风残月'。"周树人，有无敌硬气，以笔为剑，所向披靡，"无论是古是今，是人是鬼，是《三坟五典》，百宋千元，金人玉佛，天球河图，祖传丸散，秘制膏丹，全都踏倒它！"

　　但是，"文气"不是沾出来的，否则，与李白朝夕相处的子女，与苏轼耳鬓厮磨的妻妾，与莫言同餐共饮的家人，都可能会因沾文气而文才过人，也成一代文豪。"文气"是养出来的，蓄出来的，悟出来的，磨砺出来的。高密出了个莫言，大伙都想沾点"文气"，其心可嘉，但抠墙挖砖之类，显然只是无知闹剧，你就是挖地三尺，把莫言家老屋都拆光搬走，也不会沾得一点"文气"。文曲星只欣赏"为伊消得人憔悴，衣带渐宽终不悔"的苦读苦研，只关照"为人性僻耽佳句，语不惊人死不休"的推敲琢磨，只赐福"文章不写半句空，板凳要坐十年冷"的踏实肯干，而这些都是莫言走过的人生轨迹，步步艰辛，可羡慕但难学，要不然，出身农家，貌不惊人，既无学历，又乏靠山的莫言，为何会成为万千宠爱集一身的耀眼明星？

　　莫言的出名，让邻居都发了小财，乐不可支。可惜莫言的家人缺乏"市场意识"，倘若把莫言当年用过的东西都标价出卖，把老屋的一砖一石都待价而沽，再开发点"莫言萝卜""莫言白菜"等，"莫言地瓜"，准能大赚一笔，既散发了"文气"，又充实了钱包，何乐而不为呢？

谁能和钱钟书玩到一起？

　　杨绛先生在《我们仨》中不无自负地说："能和钟书对等玩的人不多，不相投的就会嫌钟书刻薄了。我们和不相投的人保持距离，又好像是骄傲了。"杨先生的确有资格说这个话，这一点也不算夸张。以钱钟书那样的大学问、高智商，目无余子的眼光，确实没几个人能和他玩到一起。

　　记得在《南方周末》读到一篇文章《钱钟书瞧得起谁呀？》文章说，1992年11月，安迪先生到钱先生府上拜望，曾向他请教对几位文化名人的看法，结果，评价几乎都是负面的："对王国维，钱先生说一向不喜欢此人的著作……对陈寅恪，钱先生说陈不必为柳如是写那么大的书……对张爱玲，钱先生很不以为然。"而关于鲁迅，钱先生说"鲁迅的短篇小说写得非常好"，可是又马上补充说他只适宜写短的，《阿Q正传》便显得太长了，应加以修剪才好。这种先褒后贬的手段是钱先生的"惯技"，何况我们已经知道这"不过是应酬"。

　　王国维、陈寅恪是饱学诗书的国学大师，张爱玲是文坛一代才女，鲁迅是叱咤风云的文化巨匠，都是文化泰斗级人物，即便如此，看来也和钱先生"玩不到一起",也就是没有共同语言,不在一个层次;那么再等而下之的,胡适、吴宓、林语堂、梁实秋、茅盾、巴金、老舍等,恐怕更难入钱先生法眼,只好一边玩去了。

人以类聚,物以群分。不一个档次、没有共同志趣的人,如果硬凑在一起,大家都很难受。你觉得我瞧不起你,我看你狂妄自大;你一张嘴就露着铜臭味,他一开口就是腐儒酸气扑人。既然"道不同不相为谋","玩不到一起",还是赶紧各奔东西吧。

阳春白雪,和者盖寡。要说起来,鲁迅先生也够孤傲了,可是他身边毕竟还有萧军、萧红、胡风、巴金一干朋友能玩到一起,还有个"人生得一知己足矣"的瞿秋白,可以一起激扬文字,指点江山;王国维先生,一代国学大师,能和他对话的也不多,可他还有梁启超、罗振玉、赵元任、陈寅恪等朋友能谈天说地,饮酒品茗。说到大学者胡适,那能玩到一起的朋友就多了,以至于"我的朋友胡适之"都成了一句流行语。

而能和钱钟书"玩到一起"的人不多,以我度之,不外乎三条理由:一是压根就瞧不起你。钱钟书乃"人中龙凤","20世纪中国最有智慧的头脑",他瞧不起人也是很正常的,他也有资本瞧不起人,瞧不起人是他的自由;二是文人相轻。你学富五车,我才高八斗;你满腹经纶,我博大精深;你是文坛领袖,我乃学界泰斗,谁服谁呀?三是脾气不相投。或囿于门户之见,或秉性爱好不同;虽认同你的学养见识,也服膺你的道德文章,可就是话不投机,不愿意一块玩。

钱钟书有句名言:"大抵学问是荒江野老屋中二、三素心人商量培养之事,朝市之显学必成俗学。"估计,能真和钱钟书"玩到一起"的,也就是这"荒江野老屋中二、三素心人"了。想想也是,你要让他和那些不学无术的文坛混混,那些四处钻营的文化掮客玩到一起,那不是难为他吗?即便是大名鼎鼎红得发紫的文化名人,一旦被他看出了破绽,譬如把"致仕"当成做官之类,能让他不露鄙夷之色,不笑痛肚子,也很难,更不待说"一起玩"了。

文坛催产士

　　那些写过名诗佳文的大家巨擘，早已在史册上牢牢奠定自己的位置，后世人任什么时候也不会忘记他们的鼎鼎大名。可是，还有一种人也不该被遗忘，他们没那么高的才华，也写不出惊天地泣鬼神的瑰丽诗篇，却由于这样那样的原因，成了名篇的催产士，没有他们的介入，就可能不会诞生那些流传千古的文字，因而，史册上也应该给他们留点位置，丰碑上也该刻上他们的名字，当然，不能喧宾夺主。

　　感谢任少卿。如果不是他给司马迁写那封求助信，我们可能根本不知道他是何方神圣，也不可能催发太史公有感而发，慷慨陈词，写成流传千古的《报任少卿书》。此文面世后，评价极高，后人赞誉它是"绝代大文章""宏制巨篇""百代伟作"。我们耳熟能详的"人固有一死，或重于泰山，或轻于鸿毛"，成为励志名言的"文王拘而演《周易》；仲尼厄而作《春秋》……"，都出自此文。想想看，如果没有任少卿的"多事"，就不可能有这篇振聋发聩的"天下奇文"，那将是中国文坛的多大损失！

　　还有滕子京。命运把他抛弃到了远离京城的巴陵小城，擦去委屈的泪水，掸掸身上的灰尘，他便一头扎进小城的建设。他体恤民情，减轻赋税，开源节流，兴利除弊，仅仅一年，就"政通人和，百废具兴"，搞得有声有色，他又乘兴修复了坍塌多年的岳阳楼。最重要的是，他远见卓识，提出"楼观非有文字称记者不为久，文字非出于雄才巨卿者不成著"，执意请远在千里之外的大政治家、军事家范仲淹作文以记。于是"不以物喜，不以己悲"的名言不胫而走；"居庙堂之高则忧其民；处江湖之远则忧其君"的警句传遍天下；"先天下之忧而忧，后天下之乐而乐"更是世代流传，成为仁人志士的座右铭。岳阳楼有幸，中国文坛有幸，范仲淹永垂不朽，滕子京也功不可没。

汪伦也是个绝不能错过的人。李白好酒，这谁都知道，但能让他喝了酒还留下诗篇的不多，而这诗还能代代相传、妇孺皆知的，那就非汪伦莫属。他先是写信盛邀："先生好游乎？此处有十里桃花。先生好饮乎？此处有万家酒店。"请来后，则尽其所有，盛情款待，每日一醉，令李白乐而忘返。送别时，汪伦又馈赠厚礼，设宴饯行，且拍手踏脚，歌唱民间的《踏歌》相送，李白深感汪伦盛意，当时便口占《赠汪伦》诗一首："李白乘舟将欲行，忽闻岸上踏歌声……"论地位，汪伦是退休县令；论财产，不过小康而已；论诗文造诣，只是粉丝级别，可是他却催生了《赠汪伦》的问世，如今，知道李白的就知道汪伦，他该享受这个待遇。

最后要说到尹喜，因为他有点传奇色彩。老子骑着青牛要到西域去，得经过函谷关。守关的长官是尹喜。他素喜读书，也小有建树，早就听说过老子的大名，就死缠硬打，非要老子写点东西给他，以此作为放他出关的条件。这本不和老子述而不著的习惯，可不写就不能出关，只好硬着头皮，花了几天时间，把平生所思写了五千字，取名为《道德经》，上篇叫《道经》，下篇叫《德经》。于是一部"五千言"的惊天动地的伟大著作诞生了！不仅影响了中国，也影响了世界，鲁迅曾评价说："不读

《道德经》一书，不知中国文化，不知人生真谛。"尼采也说过："《道德经》，像一个永不枯竭的井泉，满载宝藏，放下汲桶，唾手可得。"如果论功行赏，尹喜贡献不小，当然，其手段有欠文明，也算是美中不足吧。

一台大戏，有主角大腕也有跑龙套的，一支队伍，有号令三军也有烧水做饭的，谁都少不了，谁都不该被遗忘，其中就包括这样一种人：文坛催产士。

冒乌烟与吐光芒

纪晓岚在《阅微草堂笔记》里讲一个故事：某老学究走夜路，与一鬼结伴同行。路遇一间屋子，鬼说："屋里住个大学者。"老学究问："你怎么看出来的？"鬼说："凡人白昼营营，性灵汩没。惟睡时一念不生，元神朗澈。胸中所读之书，字字皆吐光芒，自百窍而出。其状缥缈缤纷，烂如锦绣。……此室上光芒高七八尺，以是而知。"老学究又问："老夫读了一辈子书，你帮我看看，我睡觉的时候，屋顶上光芒有多高呢？"鬼迟疑了好一阵子，才吞吞吐吐地说："昨天我经过老兄的私塾，您正睡觉。说实话，我只看见屋顶上直冒乌烟，恍若黑云笼罩，没有半点光芒！"老学究听了，恼羞成怒，气鼓鼓地把鬼赶走了。

纪晓岚借鬼说话，讽刺了那些只会死读经典，背圣贤书，不知思考，不会用世的书呆子。这种人读书再多，但食物古不化，不知活学活用，无非是两脚书橱，书中蛀虫，于人无助，于己无益，于国无用，尽管胸中有"高头论章一部，墨卷五六百篇，经文七八十篇，策略三四十篇"，也只能是"字字化为乌烟，笼罩屋上"。而真正读书读出名堂的人，通过书海遨游，寒窗苦读，可融会贯通，可举一反三，最终达到求真、悟道、创新、益世的目的，必然是"胸中所读之书，字字皆吐光芒"。

按纪晓岚的标准探寻，古往今来，把书读透，读出精华，把书读薄，读出要义，达到经世致用的目的，是大有人在的。诸葛亮躬耕陇亩，心系天下，苦读山中，用心揣摩，"好为《梁父吟》，每自比于管仲、乐毅，"虽蜗居隆中，却对世事了如指掌，并洞若观火，胸中早有三分天下的宏图大略，他是不世出的会读书的天才。看他的屋顶，必然是"缥缈缤纷，烂如锦绣"。北宋宰相赵普，"半部论语治天下"，他虽读书有限，但理解了，记住了，升华了，学以致用了，经国济世了，看他的屋顶，还真会"荧荧如一灯，照映户牖"。他的经历说明，书不一定要读多、读厚、读全，关键是要读对，读懂，读通，能启迪智慧，对自己的事业和人生起指导作用。

在当代人里，钱钟书读书极多，学贯中西，被时人称为"读书种子"。他上大学时的口号是"横扫清华图书馆"，图书馆的哪一册书放在哪里，哪一项内容在书的哪一页都记得清清楚楚。更可贵的是，他读出了新知，读活了经典，读透了历史，读明了事理。看他的《管锥编》，引经据典，广征博引，却没有一点迂腐气，没有一点方巾味，字字珠玑，充满真知灼见。他的屋顶，想必也是璀璨无比，"光芒高七八尺"。

读书治学的低层次为了扫盲、广识、启智，高层次则为了开窍、创新、建树。不会创新、没有建树的人，读书再多，哪怕万卷，其屋顶也是乌烟弥漫，难见光芒。新闻出版总署署长柳斌杰近日就表示："目前中国文艺作品90%属于重复、复制和模仿，创新作品不多。"炮制这些作品的编剧、作家、导演、制片，肯定也都是读书人，或博览群书，或博闻强记，但缺乏创新意识，没有新鲜创意，只会邯郸学步，鹦鹉学舌，不管他得奖多少，名头多大，也不管他是住别墅豪宅还是五星酒店，屋顶乌烟断不会少。

还有些所谓权威、泰斗、大师，看似著作等身，名扬中外，但他的东西大都是编编抄抄，东拉西扯，胶水加浆糊，复制加剪贴而成，没有自己的一点真知灼见。他虽然靠这些东西沽名钓誉，欺世骗人，弄了一大堆头衔，获得各种高帽，混到巨额科研经费，但如果夜半三更时看他的屋顶，准也是乌烟阵阵，黑云笼罩。

大千世界，屋顶冒乌烟的文化人多矣，你我人等不可不自我审视反省。

大师的"文笔"问题

作家韩寒和画家陈丹青在湖南卫视电视节目中就阅读与小说讨论时语出惊人，猛烈"炮轰"众多文学大师，称老舍、茅盾、巴金等人的"文笔很差"，"冰心的完全没法看"，引起一片哗然，有支持的，也有反对的。

我不想介入这场争论，也不想判别其中是非曲直，只想就所谓"文笔"问题谈点看法。韩寒与陈丹青提出一个很重要的问题：作家一定要重视文笔。且不论他们眼里的褒贬臧否，至少，这也是时下许多作家的共同弱项：不重视文笔，没有文采，读起来生涩干巴，味同嚼蜡，平铺直叙，呆板木讷，没有语言美感，让人难以卒读。

依我管见，不论文学大师还是普通作家，文笔差的作品，大体有三类：

写得越长，文笔越差。大家公认的文笔好的作家，几乎都是写短文的，像鲁迅的杂文集，梁实秋、周作人的随笔、小品文，林语堂的幽默小品，余秋雨的文化散文，培根、房龙的随笔等。正因为其短，作家就有时间、有精力、有心情去精心雕琢，反复修改，文笔自然就好了。那些动辄几十万、上百万的巨著，能写下来就很不容易了，往往累得心力交瘁，写到最后，几乎都难以坚持，只盼着早点结束，哪还有心思去考虑文笔好坏，文笔差也是很自然的。当然也有例外，沈从文、张爱玲的长篇小说，文笔就不错，但那是个例。

写得越快，文笔越差。常见一些高产作家，日写万字，月成一书，一年能写几部长篇小说，看都不用看，文笔肯定极差。因为萝卜快了不洗泥，他根本没时间去修改、润色、打磨、酝酿、思考，粗制滥造，敷衍成篇，是免不了的。钱钟书写《围城》时，每天最多只写一千字，一本二十多万字的小说，整整写了两年。正因为慢工出细活，《围城》成了文学史上的精品，多次再版，拍成电视剧，轰动一时，以苛刻著称的美国哥伦比亚大学夏志清教授在《中国现代小说史》中给予激赏，很少说人好话的韩寒、陈丹青，也不得不把钱钟书算进文笔好的行列。

功利心越强，文笔越差。写作时如果片面强调主题先行，为了机械宣传某一思想邀功求赏，把写作当成时髦的口号图解；或为了快速出名，为了获文学大奖，为了拿稿费发家致富，为了评职称当敲门砖等；目的太世俗，太具体，太功利，写出的东西，必然是充满了铜臭味和市侩味、腐儒味，也不会有什么好文笔。就像印度诗人泰戈尔所言：鸟的翅膀上绑上黄金，它还能飞远吗？

那么，好文笔是怎么来的呢？我以为也有三途：好文笔是呕心沥血呕出来的。尼采在《苏鲁支语录》中说："凡一切已经写下的，我只爱其人用血写下的书。用血写书，然后你将体会到，血便是精义。"诗鬼李贺正是最好注脚，他的诗想象丰富奇特，意境新颖诡异，文笔潇洒飘逸，但每写一首诗，就像大病一场。所以李母一看他动笔，就心疼地说：我儿又呕血了！果然，他二十七岁即骑鹤而去。

好文笔是千删万改改出来的。要论文笔好，《红楼梦》当推第一，曹雪芹修改文章工夫之大，也实属楷模。在"蓬牖茅椽、绳床瓦灶"，"举家食粥酒常赊"，贫病无医，幼子夭折，极端艰苦的情况下，仍坚持"批阅十载，增减五次"，真是"字字看来皆是血，十年辛苦不寻常"。正因为如此，《红楼梦》是迄今仍无人超越的文学高峰。

　　好文笔是学问堆出来的。没有扎实的学问来支撑，就不可能有好文笔，大家泰斗，学富五车，才会有"下笔如有神"的境界。王国维的《人间词话》，梁实秋的《雅舍小品》，钱钟书的《管锥编》，王元化的《思辨随笔》，无不是旁征博引，左右逢源，驾轻就熟，信手拈来，而且，想象丰富，深入浅出，文笔优美，堪称经典。

　　虽是在争论已故大师的文笔问题，如果能引起健在作家们对文笔的重视，这场争论就有意义了。

向孟子学杂文

　　闲翻《孟子》，越读越觉得孟子的文章篇篇都像杂文，如投枪匕首，似针砭药石，毫无疑问，孟子就是个不世出的杂文家。他的思想、语言、学识、见地，都是我等难以望其项背的；他的尖锐、勇敢、泼辣、犀利，也是我等难以企及的。一本《孟子》，完全可以当成一本杂文经典来读，而每一个杂文家要想写出点像样的东西，有那么三言两语流传下来，学学孟子，把《孟子》当成教科书，仿效借鉴，苦心揣摩，必将受益无穷。

　　学学孟子的正义感。一些弄杂文的人老觉得自己的东西写不好，以为那是技巧问题，其实很多情况下是正义感缺失所致。孟子的杂文之所以让人震撼，首先是因为他的正义感非常强，这就让他占领了思想境界的高地，可以高屋建瓴地去摧枯拉朽，可以居高临下地激浊扬清。"吾善养吾浩然之气"，就是他的正义感的点睛之笔；"仁则荣，不仁则辱"，是他一向身体力行的荣辱观；"舍生取义"是他的做人原则；"富贵不能淫，贫贱不能移，威武不能屈"，则几乎成为数千年来正人君子的座右铭，志士仁人的处世标准。倘若学得了孟子的正义感，我们对那些乌七八糟的人和事就会每生愤怒，进而诉诸笔墨，痛斥荒谬，笔伐黑暗，杂文就会有血性，就会迸发火光，一句一血印，一字一火星，写得痛快，读着解气。

学学孟子的人民性。孟子虽然并没有标榜自己代表人民，但却事事处处为民众说话，为苍生请命。他希望看到"内无怨女，外无旷夫"的社会；他向往"老吾老，以及人之老；幼吾幼，以及人之幼"的时代。每有灾荒，他就会千方百计劝说官方开仓赈灾，而不怕被人讥为"再作冯妇"；他对王室官家"庖有肥肉，厩有肥马"而"民有饥色，野有饿莩"极端愤怒，斥之为"此率兽而食人也"。而"民为重，社稷次之，君为轻"，则是他最流传最广的一句名言，振聋发聩，石破天惊，让历代君主都很头疼但又不得不有所警惕，雄猜之主朱元璋害怕得居然先是禁《孟子》，后又删《孟子》，正是"孟子写杂文而独夫民贼惧"。

学学孟子的会说理。杂文是说理的艺术，理说得是否透彻、服人，是评判杂文水平高下的重要标准。孟子的说理，循循善诱，环环紧扣，举一反三，逻辑严密，高论迭出，令人信服。谈君臣平等相待道理，他出语惊人，独出心裁："君视臣如手足，则臣视君如腹心；君视臣如犬马，则臣，视君如国人；君视臣如草芥，则臣视君如寇仇。"谈做人自强道理，他言之凿凿，掷地有声："夫人必自侮，然后人侮之；家必自毁，而后人毁之；国必自伐，而后人伐之。"谈王道的"不做"和"不能"的道理，他一针见血又循循善诱："挟太山以超北海，语人曰：'我不能，'是诚不能也。为长者折枝，语人曰：'我不能'，是不为也，非不能也。"

学学孟子的善讽刺。讽刺是杂文的本质属性，也是杂文的生命，是杂文别于其他文种的重要标志。孟子就是个善于讽刺的高手，语言辛辣尖锐，风格诙谐幽默，纵横捭阖妙不可言，嬉笑怒骂皆成文章。他以"五十步笑百步"来讽刺梁惠王的口惠而实不至；他以"拔苗助长"典故来教育公孙丑不要违背事物发展规律，干那些吃力不讨好的事；他以

"齐有一妻一妾"故事来讽刺那些不择手段来求取富贵的利欲之徒；他抨击那些不讲仁义的人"天作孽，犹可违；自作孽，不可活"；他讽刺桀纣的愚蠢可叹，把其失败的原因归结为"为渊驱鱼，为丛驱雀"；他讽刺齐宣王"恩足以及禽兽，而功不至于百姓"的荒唐可笑。他的讽刺，言辞有据，不留情面，构思巧妙，极具战斗力，至今读来仍虎虎有生气。

向孟子学杂文，当然还远不至于此，《孟子》就是一座杂文宝库，只要我们心存仰慕，虔诚求教，当会满载而归。

你有代表作吗？

　　一般来说，作家、艺术家去世后，都会被媒体详细介绍其代表作，以证明其成就。相声名家侯耀文去世后，媒体在介绍他的生平时，着重强调了他的代表作《糖醋活鱼》《财迷丈人》《戏曲漫谈》。马季先生仙逝后，媒体也再三提到他的代表作《找舅舅》《新桃花源记》《宇宙牌香烟》。再往前说，侯宝林先生的代表作是《戏迷杂学》《学评戏》《改行》，马三立先生的代表作是《买猴》《偏方治病》。对一个相声演员来说，他自己创作的，演得最精彩的，观众记忆最深刻的段子，就是代表作。譬如，一说到"马大哈"，大家就会自然想起马三立；一说起"关公战秦琼"，就让人想起侯宝林。一个相声演员，如果一辈子说过很多段子，但没有一个称得上是代表作的，那也是很失败的。

　　当然，代表作这个词，运用最早、最多也最广的，还是作家们。提到鲁迅，都知道他的代表作是《阿Q正传》；说起巴金，无人不知他的代表作是《家》《春》《秋》；提到莎士比亚，最有名的代表作是《哈姆雷特》；说起托尔斯泰，都知道他的代表作是《战争与和平》。我在申请加入中国作协时，人家问我有什么代表作，我就很惭愧。虽然舞文弄墨这么多年，也发表了几百万字的作品，但实在没有一篇能给大家留下深刻印象、称得上是代表作的东西，这大概就是一般写手与著名作家的区别吧。

音乐家也都有很出色的代表作。贝多芬的代表作很多，我最欣赏他的交响曲《命运》，一听到那慷慨激昂坚强不屈的旋律，我就想到了他那一头像雄狮鬃毛的卷发，想到他"紧紧扼住命运喉咙"的名言；柴科夫斯基的代表作《天鹅湖》，美轮美奂，精彩纷呈，更是早已成为人类文化的瑰宝，给亿万观众带来美的享受。

戏曲、电影、美术、书法家们也都以他们各具特色的代表作，攀登着一座座文艺高峰，丰富着人类的文艺宝库。梅兰芳以《贵妃醉酒》享誉世界，创立了著名的梅兰芳表演体系；郭兰英一曲《我的祖国》，响彻大江南北；达·芬奇的油画《蒙娜丽莎》，奉献给我们不朽的神秘的微笑；王羲之的《兰亭集序》，则毫无争议地成为中国书法界的至宝。

其实，代表作并非那些文化名人、艺术大师们的专利，我们每个人，不论从事什么职业，也都应当有自己的代表作。建筑师平生设计得最好的一幢房子，服装师这辈子制作的最漂亮的一套时装，教师在教学生涯中带出的最优秀的一个班级，医生做得效果最好的一例手术，商人最成功的一笔交易，军事家指挥最漂亮的一次战役，政治家最成功的一次决策等等，都可视为一辈子的代表作，什么时候提起来都两眼放光，豪情满怀，觉得这辈子没白活。

即便是最普通的劳动者，也照样可以创造出自己引为骄傲的代表作。我老家有个远房亲戚赵铁匠，手艺精湛，他能打许多种农具，但代表作就是打菜刀，真是削铁如泥，且经久耐用，所以即便价钱比其他铁匠贵得多，大伙也争着买他的菜刀，他过世十几年了，许多人家里还在用他打的菜刀。提起他时，老人们常很佩服地说，赵铁匠那也是个了不起的人物啊！可见，只要我们有创造的激情，有不懈的追求，有崇高的奋斗目标，不论干什么工作，都能干出名堂，干出精彩，干出自己的代表作。让同行羡慕，让他人服气，更让自己骄傲。最怕的是思想保守，无所作为，视工作为重负，敷衍塞责，一次次地低水平重复自己，虚度年华，一生平庸。

每个人都不妨问问自己：你有代表作吗？

"走红"的术与道

走红，几乎是所有艺人恒久而顽强的理想追求，然僧多粥少，空间有限，故而做走红梦者多，心想事成者少。走红的因素很多，靠实力，靠天赋，靠机遇，也靠"贵人"提携，有必然性也有偶然性。因而，有人奋斗一辈子也暗淡无光，有人刚上道就一炮打红，造物主就这么不公平，还没地方去叫冤。

譬如说，高中生周冬雨靠电影《山楂树之恋》走红，歌唱家龚琳娜靠神曲《忐忑》走红，民工组合旭日阳刚靠翻唱《春天里》走红，西单女孩靠上春晚走红，好像都有些"暴发户"的味道，蹿红速度之快令人咋舌，似乎一夜之间就红遍大江南北，让多少盼着走红的艺人嫉妒叹息加羡慕。

拿破仑说：不想当将军的士兵不是好兵。同理，不想走红的艺人也不是好艺人，但舞台就那么大，一部戏里只能有一个主角，能站在聚光灯下的就那么三两个人，所以，这就注定走红的艺人永远是凤毛麟角。可为何运气会落在这个人而不是那个人头上，就是因为走红有术亦有道，不得其门者就与走红无缘。术，即走红的技巧。譬如，和媒体搞好关系，不失时机地炒作自己，攀援贵人相助，努力讨好观众，投其所好等。道，即走红的规律。一个艺人要走红，天赋、积累、历练、努力、苦修，缺一不可。既需要过人天赋，更需要水滴石穿的韧劲，有十年磨一戏的精神，苦心孤诣，殚精竭虑。而只有术与道相结合，才能真正走红。

如今，颇有一些演艺人重术轻道，迷信媒体炒作，光想走捷径，拉关系，靠潜规则，甚至不惜"献身"，但是，诚如鲁迅所言："捣鬼有术也有效，自古成大事者没有。"有术无道者，即便侥幸走红，也难以持久。有道无术者，即便不走红，也会是一个受人欢迎的好艺人，靠本事吃饭，靠艺术立身，上不愧天、下不愧地、内不愧心。

放眼艺坛，时下当红的艺人刘德华，成龙，周润发，陈道明，宋祖英，都是一红几十年，至今魅力不减，所到之处万人空巷，他们就得益于演技好，形象好，人品好，人缘好，机会好，换言之就是既有术更有道。道与术皆备者，不想走红老天都不答应，毕竟是"人在做天在看"。

还有一种情况是道多术少的走红。英国的苏珊大妈，47岁走上电视选秀节目《英国达人》舞台，凭借一曲《我曾有梦》一鸣惊人，风靡英国，红遍全球。她的走红基本上是有道无术，她不善于炒作自己，也没有公司愿意包装她，完全就是靠实力来征服世界的。为了这个"道"，她从12岁练习唱歌，一直练了35年，一夜成名之前，居然是35年长长的寂寞，她以厚重的"道"弥补了"术"的不足。虽然红得略晚了一些，但却红得灿烂、扎实，红得安心、给力，也让人服气。

而那些主要靠"术"走红的艺人，侥幸成名，底蕴不足，既没有经历艺术炼狱的磨练，没有像蝉那样多年的蛰伏积蓄，亦没有才高八斗、天赋过人，祖师爷给的"好饭碗"，完全靠炒作、攻关、钻营、潜规则等旁门左道，往往会轻易走红，一举成名，又迅速暗淡，如同夜空流星，一瞬即逝。

其实，走红并非艺人常态，只是个例。所以，走红固然幸运，鲜花掌声，粉丝成堆，名闻天下，无人不晓。不走红也未必就是坏事，不必自怨自艾，毕竟绝大多数艺人都是如此。再换个角度想想看，那些红艺人，天天站在聚光灯下，每日都上娱乐版头条，一丁点隐私都被放大到地球人全知道，出门就得戴墨镜，狗仔队挥之不去，人身自由被打折扣，那也是相当不爽的。

画犹如此

　　660年前的一个秋日。黄公望家里,他与老友无用师一边品茗,一边闲聊,漫无边际,海阔天空。说了一阵子话,无用师不再兜圈子,问:黄兄,我的那幅画画得怎么样了?我可是已经等了好几年了。已83岁高龄的黄公望,捋了捋胡子,微微一笑,从书房捧出一个匣子,把整整画了7年的《富春山居图》郑重其事地赠给老友无用师。无用师颤颤抖抖地打开画卷,只见峰峦叠翠,松石挺秀,云山烟树,沙汀村舍,布局疏密有致,变幻无穷,不禁大声叫绝,一躬到地:谢谢黄兄,有此画陪我,此生足矣!

　　转眼间300年过去了。江苏宜兴,初夏的一天黄昏,大收藏家吴洪裕已经弥留,突然回光返照,他真不想死啊,可是他也明白,这回无论如何也撑不下去了。他把儿子叫到床前,断断续续地说,去,把画拿来,烧掉,在地下陪我,要不然,我死不瞑目。儿子是个大孝子,把《富春山居图》拿来,吴洪裕用尽全身力气,把画看了一遍,脸上竟然还出现了一点红晕,他指了指火盆说:烧。儿子迟疑了一下,把画投入火盆,看到窜起的火苗，他一闭眼，竟是去了。说时迟那时快，他的侄子立刻把画抢出，但已烧成两段。从此，《富春山居图》变为《无用师卷》与《剩山图》两部分。

　　历史的车轮转到了1933年，日军铁蹄踏进山海关，战云密布，情况万分紧急。国民政府将故宫万余箱的珍贵文物分5批先运抵上海，后又运至南京，随其他文物一起南迁重庆，抗战胜利后又运回南京，直至1949年，国宝迁台，《富春山居图》的《无用师卷》于是入藏台北故宫博物院。

　　另一半画《剩山图》到哪里去了呢？这要从1938年秋的一天说起，上海古董名店汲古阁的老板曹友卿拜访书画家吴湖帆，随身带了一幅刚刚买到的残卷，请吴湖帆"掌眼"。徐徐展卷，只见画面雄放秀逸，山峦苍茫，神韵非凡。吴湖帆捧画赏识良久，从画风、笔意、火烧痕迹等处反复研究，断定这就是黄公望的传世名作《富春山居图》的前一部分《剩山图》，他爱不释手，当即要买。几番交涉，吴湖帆拿出家中珍藏的国宝级青铜重器周敦，换了这幅残卷。从此吴湖帆自称其居为"大痴富春山图一角人家"。

　　后来，浙江博物馆供职的大书法家沙孟海得此消息，心中很是忐忑，怕万一遭遇天灾人祸，以个人的能力极难保存此画，只有由国家收藏才是万全之策。便数次去上海与吴湖帆商洽，希望能够将此画入藏浙江博物馆，沙孟海晓以大义，又请出钱镜塘、谢稚柳等名家从中周旋，吴湖帆被沙老的至诚之心感动，终于同意割爱。于是，1956年，画的前段《剩山图卷》来到浙江博物馆，成为该馆"镇馆之宝"。

　　黄公望的《富春山居图》，一半放在杭州博物馆，一半放在台湾故宫博物院，我希望两幅画什么时候能合成一整幅画。画犹如此，人何以堪？

　　人思团聚，画思重圆。在两岸热心人士多方努力、积极斡旋下，

2011年6月1日,终于迎来了两画同展这一盛举。是日,台湾故宫博物院门前,张灯结彩,人头攒动,记者的闪光灯亮成一片,人们在等待着那激动人心的一刻的到来。开馆了,游人蜂拥而进,《富春山居图》立刻被围得水泄不通,人们在瞻仰、赏析、惊艳,赞声不绝,嘉评如潮。黄公望大师若地下有知,当额手称庆。

画团圆了,人呢?此情此景,我突然想起余光中的《乡愁》:"乡愁,是一湾浅浅的海峡,我在这头,大陆在那头。"

第四辑　成功秘诀

一万小时定律

加拿大畅销作家麦尔坎·葛拉威尔在《异数》一书中指出:"人们眼中的天才之所以卓越非凡,并非天资超人一等,而是付出了持续不断地努力。只要经过一万小时的锤炼,任何人都能从平凡变成超凡。"他将此称为"一万小时定律"。

一万小时是什么概念?那大概是每天练习三小时,风雨无阻,连续练十年的总量。葛拉威尔引述大量研究数据表明,世界上不论任何行业,当你具备基本技能后,最终能否出类拔萃,成为专家、权威、大师,只有一个因素最重要,那就是练习、练习、再练习,最低限度是一万小时。

大画家达·芬奇,当初从师学艺就是从练习画一只只鸡蛋开始画起的。他日复一日,年复一年,变换着不同的角度,更换着不同的光线,少说也得练习有一万个小时,打下了扎实的基本功,从最简单最枯燥的重复中掌握了达到最高深艺术境界的途径。这才有了后来的世界名画《蒙娜丽莎》《最后的晚餐》《安吉里之战》。

田坛飞人刘翔,我们只看见他在赛场上的风驰电掣,一骑绝尘,可是为了他在赛场上的 10 多秒的辉煌，他从 7 岁开始至今已苦练了 19 年，不知跑了几个一万小时，汗水流了几吨，经历了多少挫折和失败，才换来了事业辉煌，换来了"彩虹总在风雨后"。天才在于勤奋，就是对他的最好写照。

青岛港吊装大师许振超，能把吊装技术练得像绣花一样精细，丝毫不差，多次在吊装技术比赛中技压群雄，还多次打破世界港口吊装纪录。为了这"一招鲜"，他至少练了 30 年，苦心孤诣，练习不辍，足足有好几个一万小时，再次印证了天道酬勤的规律。

三军仪仗队旗手朱振华，1994 年参军光是练习"走路"就已苦练了 15 个年头，平均每天练习 6 小时，到阅兵村后，更是每天训练 12 个小时左右，早已超过了 1 万小时。终于练出了"风吹不闭眼，虫叮不乱动，天冷不跺脚，天热不擦汗"的硬功夫，练就了"走百米不差分毫，走百步不差分秒"的惊人标准。所以，他有幸成为 60 年大庆的"国庆受阅第一兵"。

我们每个人都希望事业成功，人生辉煌，都羡慕那些成就非凡的弄潮儿，可是有没有想到，他们其实大多数也和我们一样是平常人，并非天才，其所以能脱颖而出，就是因为他们有超人的耐心和毅力，锲而不舍，不怕枯燥，肯花一万个小时甚至更多的时间来训练和学习积累，所以才水滴石穿，终成正果。如果我们也想像那些杰出人物一样出类拔萃，青史留名，就先别埋怨自己没有机会，不逢贵人，怀才不遇，大材小用，而是先问问自己功夫下得够不够，汗水流得够不够，心血付出得够不够，有没有付出过一万个小时的努力。古今中外无数事实证明，一个人只要不是太笨，太不开窍，有这一万个小时的苦练打底，你即使成不了大师、巨匠，至少也会成为本行业的一个具有丰富经验的专家，一个对社会有用的人，一个实现个人价值的人。

"宝剑锋从磨砺出，梅花香自苦寒来"，世界上没有人能轻易成功，"一万小时"就是迈向成功的第一道门槛。

别和成功贴太近

时下，渴求成功，急于成功，成了许多青年人焦虑的头号问题，因此，成功几乎成了我们追求的唯一目标，《成功学》则成了压倒一切学问的显学。《中国青年报》一项调查显示，93.3%的受访者感觉当下青年急于成功的心理较为普遍。受访者中，70后占35.0%，80后占47.5%。"急于成功"急到什么程度？网上流传一句话很有代表性："到30岁还不成功，你就没希望了！"

作为一个小有成功的过来人，我想对那些急于成功的青年人提一句忠告：别和成功贴太近，适当保持一点距离有好处。

具体来说，别和成功贴太近，就是不要把成功当成生活的一切。成功固然是我们的奋斗目标，但不是唯一目标，争取幸福、自由、尊严的意义并不比成功小。如果一切为了成功，一切服从成功，为成功不择手段，"不成功则成仁"，那就有些过分，就会影响了我们的生活，破坏我们的情绪，左右我们的意志，腐蚀我们的灵魂，使我们活得很不舒展，完全忘记了生活的本质。因而，在全社会弥漫的浮躁、急躁、暴躁的氛围中，和成功保持适当距离，拒绝胜王败寇的哲学，留几分清高与矜持，会使我们变得洒脱而淡定，不至于沦为成功的奴隶。

别和成功贴太近，就是人生要成功，但无须太成功。这话可能有人不爱听，但我是有道理的。人一定要有事业，要当成功人士，至少小有成就，否则就会觉得虚度年华，人生失败，别人也瞧不起。但不一定太成功，因为，想要太成功，就要付出比别人更大的代价，花比别人更多的时间，太辛苦劳累，说不定还会积劳成疾，甚至英年早逝；而且，太成功者还易遭人妒忌，受人暗算，出头椽子先烂，"木秀于林风必摧之"。最重要的是，成功要取决于许多因素，不为我们的意志所转移，如果把成功的目标定得过高过大，明明只是小有才能，却醉心经天纬地的大事，那就是难为自己，因为你即便费尽心思，全力以赴，也未必能成功，再回头时可能已青春逝去，落个人财两空。

别和成功贴太近，就是不一定那么急于成功。成功太早，就容易骄傲自满，固步自封，在鲜花和美酒中陶醉，在掌声和恭维中沉迷。成功太早，没有经历长期奋斗的艰辛，没有遇到失败的打击，不知道人生多艰，江湖险恶，或可凭聪明小有得意，借东风偶有建树，但终难成大器。成功太早，只顾得埋头向目标猛冲，心无旁骛，聚精会神，还没来得及欣赏路边的风景，就稀里糊涂地冲到了终点，路上经过了哪座名山，哪个古刹，都毫无印象，实在是可惜。成功太早，就容易失去目标、失去动力，失去奋斗的激情，失去百折不挠的斗志，因而使人百无聊赖，无所寄托。

别和成功贴太近，就是不要居功自傲，躺在成功上睡大觉。成功，肯定会给人带来荣誉赞扬、名利地位，但享用时一定要节制、克制，毕竟成功的红利是有限的，不可用之不竭。所以不要把功劳老是挂在嘴边，不要以成功人士自居，不要时时以成功形象出现，最好能忘掉成功，淡看成功，与成功若即若离而不是贴身不离，成功后要有几分急流勇退的睿智。历史上因居功自傲停滞不前的人大有人在，身败名裂的也不在少数，前车之鉴，不可不察。

渴望事业成功，人生辉煌，乃人之常情，但必须切记，毕竟成功不代表一切，不是生活的全部内容，人来到世间，是来创造财富的，也是来享受人生的。别和成功贴太近，被成功牵着鼻子走，可以使我们从容不迫地去体验奋斗中的甜酸苦辣，细细地品味生活中的丰富多彩，在漫长的人生道路上，走得扎实而愉悦，潇洒而豁达。

先改变自己

在英国威斯敏特教堂一个不显眼的角落，树立着一块石碑，刻着一段广为传诵的碑文：当我年轻时，想象漫无边际，我梦想改变世界；当我成熟后，发现我不能改变世界，我将目光缩短了一些，决定改变我的国家；当我进入暮年后，发现我不能够改变国家，我最后的愿望是改变我的家庭，然而，这似乎也不可能……现在，我已经躺在床上，就在生命将要完结时，我突然意识到：如果一开始我就首先改变自己，然后，作为一个榜样，我可能改变我的家庭；在家人的帮助和鼓励下，我可能为国家做一些重要事情；在为国家服务时，我或许能因为某些意想不到的行为改变世界。

几乎每一个参观威斯敏特教堂的人，都会在这块石碑前驻足片刻，默诵轻读，并引起深思，触发灵感，得到启示：如果你不能改变世界，就去改变国家，如果你不能改变国家，就去改变家庭，如果你连家庭也不能改变，就先改变自己，从小事做起，从自身做起。

古今中外，许多年轻人都曾自命不凡，怀抱远大理想，希望能改变世界，流芳百世。其志固然可嘉，但或因志大才疏，力不从心，或因生不逢时，英雄无用武之地，或因出师不利，铩羽而归，或因缺乏毅力，半途而废，改变世界的梦想最终大多变成了可笑的空想。我们的古人推崇"修身齐家治国平天下"理念，这四个顺序是很科学的，因而需要循规蹈矩逐项推进，问题在于许多人一下子就超越了前两项的"修身齐家"，直接奔到了后两项的"治国平天下"，结果是忙碌一生，看似轰轰烈烈，其实啥也没干成，不仅没有改变世界，连个家都没经营好，甚至自己也活得"凄凄惨惨戚戚"。

反过来，我们再看那些真正改变世界或改变国家的人，几乎无一例外都是先在改变自己上下功夫，然后才走向世界，建功立业，大放异彩。苏秦为了改变自己，闭室不出，悬梁刺股，苦读太公《阴符》等著作，学成之后，悬六国相印，"一怒而诸侯惧，安居而天下熄"，改变了战国格局，影响了历史进程，成为与张仪齐名的纵横家。孔子为了改变自己，四处求学，刻苦钻研，博采众长，不耻下问，终于成为一个多才多艺，思想深邃，博大精深的伟大思想家；进而，他开始改变他的学生，把他们培养成智慧、高尚、知礼、仁爱的贤者，以传播他的思想和主张。而他创造的儒学后来改变国家、改变世界，影响越来越大，他也被树为世界历史伟人。

推而广之，老子、苏格拉底、耶稣、佛陀、马克思、牛顿、诺贝尔、普利策、南丁格尔、比尔盖茨、巴菲特、雷锋、乔布斯等改变世界的名人，都是因为先改变自己，充实自己，做强自己，进而才或以伟大的思想，或以智慧的头脑，或以渊博的学识，或以坚强的意志，或以高尚的爱心来影响和改变世界。他们也许一开始或者始终都没有想到去改变世界，但"桃李不言，下自成蹊"，月明中天，万民仰望，如今世界的每个角落里都有着他们的影子，回响着他们的声音。

志当存高远。年轻人有改变国家、世界的志向，应该是可喜可贺的事。但一定要从实际出发，志向远大还要脚踏实地，想改变世界就要首先改变自己，通过卧薪尝胆、锲而不舍的磨砺、锻炼、学习，使自己变得强大、智慧、多识、坚韧，并耐心地等待机会，以求一飞冲天，大显身手，实现自己改变世界的梦想。当然，谋事在人，成事在天，也许我们一直没能等来实现梦想的机会，那也没什么了不起，无非是"达则兼济天下，穷者独善其身"，能把自己改变成一个高尚而有用的人，能建立一个幸福和谐的家庭，也是人生的巨大成功。

苦难是谁的财富？

人们常说"苦难是人生的一笔财富。"这话乍一听很励志、很给力，但却经不起仔细推敲，因为苦难并非对所有人都是财富。对那些敢于抗争的强者来说，在苦难中锻炼了品质，学会了坚韧，通过奋斗把苦难变成了财富；而对另一些唯唯诺诺、逆来顺受的人来说，苦难始终就是苦难，会压得他一辈子都抬不起头来。

苦难是成功者的财富。许多成功者都有过屈辱不堪的过去，受尽磨难，但他们咬紧牙关，奋力拼搏，最后事业成功，那曾经的苦难就成了他们用以炫耀的财富。"西伯拘而演《周易》；仲尼厄而作《春秋》；屈原放逐，乃赋《离骚》；左丘失明，厥有《国语》；孙子膑脚，《兵法》修列；不韦迁蜀，世传《吕览》；韩非囚秦，《说难》《孤愤》"等，都属于此类。诚如在苦难中度过青少年生活的英国著名企业家约翰·艾顿所言："苦难变成财富是有条件的，这个条件就是，你战胜了苦难并远离苦难不再受苦。只有在这里，苦难才是你值得骄傲的一笔人生财富。"

苦难是胜利者的财富。勾践十年生聚，十年教训，终于咸鱼翻身，打败了宿敌夫差，他当年的忍辱受气，尝吴王粪便，数年卧薪尝胆，都成了他人生的巨大财富，其复仇史也成了传诵不衰的历史美谈："苦心人，天不负，卧薪尝胆，三千越甲可吞吴"。丘吉尔二战时也吃了不少苦，身心交瘁，疲于奔命，左支右绌，捉襟见肘，但他毕竟是胜利者，所以他可以理直气壮地把苦难当成财富，甚至呼喊"热爱苦难"，不过他也很清醒地在自传中写道："苦难，是财富还是屈辱？当你战胜了苦难时，它就是你的财富；可当苦难战胜了你时，它就是你的屈辱。"

苦难是豁达者的财富。或曰，我既不是成功者也不是胜利者，能不能把苦难变成财富呢？还有一个办法，你使自己成为一个豁达的人。豁达的人，生性乐观，淡泊名利，宠辱不惊，看轻身外之物。这样的人，苦难很少能压倒他，他能像轻轻地抹去缠在身上的蛛丝一样去化解各种苦难；这样的人欲望简单，期望值较低，需求很少，心境平和，在许多人眼里不得了的苦难在他这里就算不得多大事；这样的人善于苦中作乐，自我解脱，多少有点阿Q精神。有了这般好心态，苦难来了不怕，幸运临头亦不喜，即便没把苦难变成财富，也不会被苦难压弯了腰，活得潇洒自在，令人羡慕。

反之，苦难不是谁的财富呢？苦难不是失败者的财富，苦难对于失败者只能是雪上加霜，"屋漏偏逢连夜雨，船迟又遇打头风"，要想把苦难变成财富，只有一个办法，把自己变成胜利者。苦难不是软弱者的财富，苦难最喜欺软怕硬，你越是害怕它，它就越是欺负你；你若昂起头，挺起腰，明知山有虎，偏向虎山行，敢于挑战苦难并战而胜之，苦难就会躲得离你远远的。苦难不是无所作为者的财富，要想把苦难变成财富，需要付出百倍努力，千倍辛苦，而那些浑浑噩噩，得过且过的人，只会终生与苦难作伴。

所以，当一个人处于苦难之中时，固然需要用"苦难是人生的一笔财富"的励志语言来安抚自己；更需要以强者的姿态去战胜苦难，踏着苦难的尸体走向成功，走向胜利。否则，只说不干，听天由命，只有自我安抚，没有忘我奋斗，那就是自欺欺人，精神麻醉，苦难永远不会变成财富。请记住法国文豪巴尔扎克的名言："苦难对于成功者是一块垫脚石，对胜利者是一笔财富，对弱者是一个万丈深渊。"

当然，培养一个豁达胸怀，也能化苦难为财富，那同样需要勤于修炼，而且非一日之功。

有舌头就够了

春秋战国时，张仪在楚国令尹手下当差。一次，令尹家丢失了一块名贵的玉璧，主人怀疑是张仪偷的，就把他抓起来打个半死。抬回家后，妻子痛哭流涕，张仪醒过来后张开嘴，问妻子说："我的舌头还在吗？"妻子说："舌头当然还长着。"张仪说："只要舌头在就够了，你哭个啥？"后来，张仪辗转到了秦国，凭他的三寸不烂之舌，得到秦惠文王信任，当上了秦国相国。又巧舌如簧四处游说，粉碎了六国抗秦联盟，各个击破，为秦国最后统一中国立下汗马功劳。

1916年3月中旬，24岁的刘伯承指挥川东护国军第四支队，在丰都、涪陵一带侧击北洋军。战斗异常激烈，突然，一颗子弹穿过了他的颅顶，他忍着伤痛，仍顽强地挥着指挥刀，向敌人冲锋。接着，又飞来了一颗子弹，从他右太阳穴射入，由眼眶飞出，流血不止，刘伯承当即昏倒。被送到医院后，医生对他说，没有生命危险，但一只眼睛保不住了。刘伯承豪爽地说："有一只眼就够了！"后来，就是靠这一只眼睛，刘伯承照样指挥战斗，冲锋陷阵，运筹帷幄，所向无敌，被打怕的敌人叫他

"刘瞎子""独眼魔鬼",民众和战友则将他誉为"常胜将军""战神"。

21岁时,霍金不幸患上了会使肌肉萎缩的卢伽雷氏症,医生告诉他,最后可能会全身瘫痪。霍金问:会不会影响大脑?医生说那倒不会。霍金很镇定地说:"只要有大脑就够了。"后来,霍金果然全身瘫痪,连手指都不能动了,而且失去了语言能力,但他却凭着天才的大脑,在极其困难的条件下,不可思议地完成了一系列令世人惊异的巨大科研成就,出版了《时间简史》等名著,成了继牛顿和爱因斯坦之后最杰出的物理学家之一,被世人誉为"宇宙之王"。

平心而论,不论是国家和地区的事业发展,还是个人的人生成功,如果拥有各种优厚的条件固然是幸事,反之若没有天时地利人和,只要我们拥有一两样过人之处,并将其充分放大、倍加,用到极致,也一样能心想事成,收获成功果实。譬如说发展旅游业,杭州靠一个西湖,曲阜靠一个孔子,香格里拉靠一个传说,威尼斯靠一汪海水,夏威夷靠一片沙滩,新加坡靠直射的阳光,都成了闻名遐迩的旅游胜地。

就个人发展而言,获得成功其实也不需要太多的东西。周文王演《周易》,只要有几根草棍就够了;苏秦、张仪纵横捭阖,靠一个三寸不烂之舌就够了;司马迁"究天人之际,通古今之变",靠一支秃笔就够了;唐僧万里取经,只要一个化斋钵就够了;爱因斯坦创立相对论,只要有支铅笔几张草稿纸就够了;乔丹闯荡天下,只靠一个篮球;刘翔红遍世界,仅靠两条长腿;帕瓦罗蒂名传五洲,靠一副好嗓子;盖茨富可敌国,靠一个机敏的脑瓜;马云成为电商巨擘,靠几个好点子。几根草棍,一支秃笔,一个饭钵,这就够了。

人生在世,不如意者常占十之七八。你可能没摊个有钱有势的"好父母",或没有碰上一显身手的好机遇,没有进入好大学,或没有进个好单位。但一个有作为有胆识有梦想的人,当会化劣势为优势,变被动为主动,扬长避短,趋利避害,把长处尽量用足,把优势尽量放大,从而战胜困难，披荆斩棘，踏上成功的坦途。所以，我们无论是谁，无论处于什么样的逆境，都不必怨天尤人，不必自惭形秽，不必与人盲目攀比，更不必叹息生不逢时。只要你有一个不笨的脑袋，你有健全的身体，干事业，兴局面，闯天下，打江山，这就足够了，上帝就对你不薄了，你还想要什么？

一技之长

　　老话说"家有万金，不如薄技在身"，这不仅在过去是经验之谈，就是现在也越来越成为社会共识。人只要有一门熟练技术，不拘操作形式雅俗，技术含量高低，再加上肯吃苦，舍得下力，就一定会活得很滋润。

　　靠耍笔杆子，作家张恨水养活了一大家子人，吃香喝辣，还不时接济老家亲戚；靠涂涂画画，齐白石一家十几口人过着舒适生活，旱涝保收，衣食不忧；唱戏唱出了名堂，梅兰芳不仅日进斗金，还成了国内外著名戏剧大师；单田芳说评书，十几岁时就超过一个大人的工资收入，后来更是一发不可收；教了一辈子书的季羡林，功成名就，令人景仰；姚明打篮球打成了亿万富翁，还当上全国篮协主席；宋祖英唱歌一次出场费顶我十年工资……他们都是手艺人，靠一门技术立身处世，支撑门户，同时也服务公众，贡献社会。

　　如果说他们都是名人，天赋异禀，不好攀比，那就不妨看看我们的周围，多少人是在靠一技之长打天下。补鞋的，修车的，配钥匙的，修电脑的，卖早点的，爆玉米花的，这些都是我们经常打交道的人。再远一点，还有广场上收费教交谊舞的，教太极拳的，教滑旱冰的，为人画人像速写的。他们一个个都神色安详，不慌不忙，就靠这些"雕虫小技"养家糊口，虽发不了大财，但生活水平一点不比我们低，幸福指数也未见逊色于你我。

我住的小区里，有个教钢琴的女士，也就三十来岁吧，秀外慧中。人家教琴的收费是论小时的，每小时收费200元，因为名声在外，教出过获钢琴比赛奖的学生，想找她学琴的人每天都要排队。因为收入高，她住的是顶层复式楼，开的是宝马车，穿的是世界名牌。但嫉妒她的人不多，提到她时，大伙会很理解地说，没法比，人家是靠技术吃饭，一招鲜吃遍天，不服不行。

因为要给孩子找保姆，我跑了几趟劳务市场，保姆的行情实在让我惊讶。金牌月嫂月平均收入过万，育儿嫂六七千，普通家政员也要四千多，还得包吃包住。以前的保姆，只要会哄孩子睡觉、喂奶就能对付。如今的月嫂，人家叫"高级母婴护理师"，得会按摩、催奶、科学护理、简单治疗、做营养餐，对产妇进行心理疏导等，这都要通过专门培训，要勤学苦练才能掌握。当然，滥竽充数的月嫂也有，但那是做不长的，说不定干两天就被解雇了。

山东蓝翔技校校长在毕业典礼上的话曾被网络炒红，"同学们，咱们蓝翔技校就是实打实的学本领，不玩虚的，你学挖掘机就把地挖好，你学厨师就把菜做好，你学裁缝就把衣服做好。咱们蓝翔如果不踏踏实实学本事，那跟清华北大还有什么区别呢？"这可能有些调侃之意，但也确实反映了时下一些大学的课程设置的问题，往往是重理论，轻实践，重书本，轻技术，与市场不接轨，结果是一毕业就失业。相反，那些让许多大学生一向"看不起"的职校、技校生却一直很抢手，就业率高得出奇，就连许多名校也难以望其项背。

当年，毛泽东曾高度评价来自加拿大的白求恩医生"对技术精益求精，医术是很高明的。这对于一班见异思迁的人，对于一班鄙薄技术工作以为不足道、以为无出路的人，也是一个极好的教训。"这个道理今天仍不过时。时下而言，如果你没爹可拼，如果无法嫁入豪门，那就踏踏实实学门技术吧。有门技术，乱世可以救急，治世可以养家，学精可成大才，而不会技术你将寸步难行，无论什么时代都是废物点心。再退一步说，即便你是"富二代"，但不学无术，坐吃山空，那也不过是数十年的事，富不过三代的规律很少有不灵验的时候。而"嫁得好"的女子，一旦色衰宠退，美女迟暮，下场也多不好，弄不好就被扫地出门，成为弃妇。倘有薄技，自可糊口，无论如何不至于沦落街头吧。

大出息·中出息·小出息

邓小平的大女儿邓林回忆说，父亲的愿望始终都是让百姓富裕、国家强盛，无论何时都是如此，并且经常教育孩子们要为国家做贡献，即使"没有大出息，也要有'中出息'和'小出息'。"

天下父母无不盼望子女有大出息，小平同志自然也不例外。但他通晓事理，睿智达观，知道凡事不可强求，不是你望子成龙他就能一飞冲天，你望女成凤她就能栖高枝头，所以，尽管他也希望自己的孩子都成大器，有大出息，做风云人物，但还是很务实地鼓励孩子各尽所能，有多大劲使多大劲，能飞多高就飞多高，无论如何不能"没出息"。

所谓"大出息"，就是对国家对社会有大贡献，干出了大事业、大成就，在国内外有大影响。这个"大出息"，固然需要自己有远大志向，不凡抱负，也需要有雄才大略，过人才具，还需要得天独厚，机遇青睐，少了哪一条也不行。所以，古往今来，立志做大事、有大出息的人车载斗量，不尽其数，但成功者却寥寥无几。一个时代，也就那么三几十人最多百余人吧。政治家邓小平三起三落，开创改革开放新纪元，把人民带入新时代，肯定是"大出息"。科学家袁隆平，以毕生努力试验杂交水稻，增产稻谷数千亿斤，人称杂交水稻之父，也是"大出息"。企业家李嘉诚，白手起家，宵衣旰食，创下价值千亿元的财富，多年蝉联华人首富，且不遗余力支持国家经济建设，热心慈善事业，也可跻身"大出息"行列。还有京剧大师梅兰芳，美术巨匠徐悲鸿，学术泰斗钱钟书等，诺贝尔奖得主科学家屠呦呦，著名作家莫言，都在"大出息"榜上有名。

所谓"中出息"，依我管见，做科研要成为该行业的学术带头人，业内人提起来是如雷贯耳，譬如那些科学院、工程院院士；演电影要成为一线明星，一露面就是"男一号""女一号"，不是"影后"，就是"影帝"，就像"国际章""葛大爷"们；写小说要能拿茅奖、鲁奖，作协里不是主席就是副主席；居官过去至少是州县现在得厅局级，屁股后头要"冒烟"，这一条可能有些俗，但总要有些具体的衡量指标才好拿捏。"中出息"者，要承上启下，支撑局面，要统领一方，牵头挂帅，也颇重要且不易。

所谓"小出息"，大概就是你我这样的普通人，多如恒河之沙，平凡如路旁小草。他们兢兢业业地工作，本本分分地生活，凭技艺立身，靠良心干活，本事不大，能耐有限，但决不自轻自贱，也不混日子，就在自己的一亩三分地里辛勤耕耘，收多了笑两声，收少了叹口气。久而久之，居然也小有成就，小有名气，爬格子爬成了小作家，打工打成了小老板，办事员熬成了小头头，小学徒成了老师傅，小医助成了"一把刀"，群众演员最后成了男配角、女配角……他们学有特长，术有专攻，内可养家糊口，小有得意，外可奉献社会，无愧天地。

揆情度理，国家社会历史需要"大出息"的人，他们是中流砥柱，泰山北斗，旨在引领方向，责为力挽狂澜，"沧海横流，方显英雄本色"；同样也需要"中出息"的人，他们是大厦的四梁八柱，是单位和行业的主心骨、领路人，可保一地平安，造福一方百姓；"小出息"的人则如同华屋之一砖一石，园林之一草一木，看似不起眼，却都各司其责，少了谁都不行。"大出息"者朝乾夕惕，纵横捭阖；"中出息"者废寝忘食，守土有责；"小出息"者不厌琐碎，默默耕耘，三者若能有机结合，并行不悖，乃为民族之幸，盛世之兆。

成功，便是大胆举手

一天，河北张家口一个偏远的小山村开进一辆汽车，全村人几乎都围了上来。车上走下一个穿黑皮夹克的中年男子问大家："你们谁想演电影？请举手！"一连问了几遍，没一个村民敢吱声。

这时，一个十六七岁的女孩鼓足勇气举手说："我想演。"她长得不漂亮，身材也不好，厚嘴唇，黑红脸蛋，还有雀斑，是个典型的山里孩子。

"你会唱歌吗？"中年男子问。"会。"女孩子开口就唱："我们的祖国是花园，花园的花朵真鲜艳……"

村里人大笑。因为她的歌唱得实在不怎么好听，跑调，沙哑，唱到一半还忘了词。没想到，中年男子却很果断地用手一指："好，就是你了！"

这个大胆的女孩叫魏敏芝。她幸运地被大导演张艺谋选中，在电影《一个都不能少》中出任主角，名字很快传遍大江南北，后来读大学，出国深造，当导演，跻身名流。一次大胆举手，改变了她的人生轨迹，打开了成功之门。

人生就是这样，关键时刻敢于大胆举手，挺身而出，就抓住了机遇，占领了先机，构建了一显身手的平台，赢得了施展才华的机会。

大胆举手就抓住了机遇，拔得先筹。机遇是成功的最重要条件，但机遇稀少且稍纵即逝，那些成功者无一不是敢于大胆举手，主动去抓住机遇，从而实现自己的人生腾飞。战国时，秦军大举进犯赵国，形势万分危急。平原君赵胜，奉命去楚国求兵解围，欲挑选20个门客一起去。经过挑选，最后还缺一个人。毛遂大胆举手，自我推荐说："我去！"到了楚国，平原君跟楚王谈了一上午没有结果。毛遂挺身而出，陈述利害，滔滔不绝，分析形势，入情入理，终于打动楚王，派兵去救赵国。毛遂的大胆举手，抓住了千载难逢的历史机遇，不仅挽救了国家命运，自己也从一个默默无闻的普通门客成了妇孺皆知的千古名人，还给我们留下一个著名成语：毛遂自荐。

大胆举手就构建了一显身手的平台，可长袖善舞。世界上有大志的人很多，有本事的人也不少，但往往苦于没有施展才华的平台，结果多是壮志难酬，徒叹奈何。而平台不会从天上掉下来，要靠自己争取，关键时刻的大胆举手，就是为自己创造平台。铁人王进喜有句名言："有条件要上，没有条件创造条件也要上。"说的就是这个道理。晚清时，在英、俄的支持下，阿古柏匪帮在新疆闹独立，朝廷决定出兵平叛，谁去挂帅？众将领还在犹豫，左宗棠即大胆举手：我去！于是，万里远征，抬棺行军，历经一年多的艰苦奋战，克服重重困难，终于荡平阿古柏匪帮，收复新疆。因为有了平台，也因为大智大勇，左宗棠成了清王朝对收复国土贡献最大的将领，也被誉为"晚清三杰"。

大胆举手，最需要的是勇气和胆识。我在大学教书多年，自己虽一事无成，但还真教出过几个出类拔萃的人物，有将军，有院士，有成功企业家，他们在校学习期间就给我留下深刻印象。其共同特点之一，就是课堂讨论发言时敢大胆举手，讲得不一定多好，但敢于站起来，在大家面前亮相，勇气过人。而那些唯唯诺诺，前怕狼后怕虎的学生，后来也大多确实成绩平平，庸庸碌碌。因为，在怕这怕那的犹豫彷徨中，机遇会别你而去，成功会离你而行。所以，在机遇和选择面前，我们都要牢记马克思那句名言："在真理的入口处，如同地狱的入口处一样，这里必须根除一切犹豫，这里任何怯懦都无济于事。"其实，大胆举手有什么好怕的，无非是怕别人见笑，怕万一失败后没面子，怕担风险，怕自己干不了。于是，就像那些当初笑话魏敏芝的村里人，就剩下了绵绵不绝的"羡慕嫉妒恨"。

　　万事开头难。从某种意义上来说，成功，便是大胆举手。

拴象的木桩

马戏团里表演的大象，都是从小就开始训练的。小象很调皮，玩性又大，故常把小象拴在木桩上。由于小象力量小，经过很多次试验，都无法将木桩拖出来，时间久了，只要把小象拴在木桩上，它就知道自己无法挣脱，也就会很安分了。小象长成了大象，力大无穷，可以轻松拔起一棵大树，但却很老实地被绳子拴在木桩上。因为从小的经验告诉它们，木桩的力量比自己大，是唯一可以拴住自己的东西，便一直不敢去叫板木桩。

有人做过这样一个试验，把几个跳蚤放在瓶子里，上面盖一块玻璃。本来，跳蚤跳的高度远远超过瓶高，但因为有玻璃盖着，它每次跳高都要碰到玻璃而掉下来，后来它们就渐渐习惯了瓶口的高度，即便拿掉了那块玻璃，跳蚤也只是习惯地跳到瓶口的高度，而不会跳得更高，逃出瓶子。

先不要嘲笑动物的愚蠢，毕竟动物是没有任何思考能力的，他们仰仗的只有条件反射，所以，常常沿着习惯行事而不敢有所突破。其实很多人也在经常犯同样的错误，他们往往囿于习惯，因循守旧，不敢越雷池一步，不敢突破传统模式，时代变了，条件变了，却仍在刻舟求剑，沿用旧习，用一个时髦的词来说，这就叫"思维定式"。思维定式，会束缚人们的创造力，会制约人们的想象力，打不破思维定式的人，是不会有大作为的，只会沿着前人走过的道路亦步亦趋，平庸刻板地活在世上，成功女神是永远也不会青睐他们的。

《国际歌》有一句歌词唱得好："要冲破思想的牢笼"。而一旦冲破思想的牢笼，走出思维定式，甩掉那根羁绊的"木桩"，我们就会惊喜地发现，机会无处不在，遍地阳光灿烂，我们的潜力将会得到极大释放，将会创造各种奇迹，采摘到成功的果实。反之，不敢冲击禁区的人，墨守成规的人，畏首畏尾的人，是永远无法推开成功之门的，一个小"木桩"就可能把他结结实实地拴一辈子。

培养点"逆商"

　　除了智商、情商外,近年来社会上又流行一个新概念:逆商。全称逆境商数,或曰挫折商、逆境商。它是指人们面对逆境时的反应方式,即面对挫折、摆脱困境和超越困难的能力。心理学家普遍认为,一个人事业成功必须具备高智商、高情商和高逆商这三个因素。在智商都跟别人相差不大的情况下,逆商对一个人的事业成功起着决定性的作用。因而,我们要想事业成功,人生辉煌,就必须培养一点逆商。

　　首先,要正确认识人生的挫折和逆境。司马迁说过:"文王拘而演周易,仲尼厄而作春秋;屈原放逐,乃赋离骚;左丘失明,厥有国语;孙子膑脚,兵法修列……"这些都是高逆商的人,高逆商支撑他们战胜困厄灾难,化险为夷,高逆商帮助他们走出人生低谷,走向事业辉煌。纵观古今中外,那些事业成功、名垂史册的政治家、科学家、艺术家、军事家、实业家,无一不是历经坎坷,备尝艰辛,一次次被击倒,又一次次站起来,顽强不屈,坚忍不拔。

　　人生不可能一帆风顺,总会有挫折和逆境,成功者与失败者的最大差别，就是如何对待逆境，成功者善于把逆境当成磨练自己的燧石，每走出一段逆境，就会提升自己一次，使自己意志更加坚强；反之，在逆境面前畏首畏尾，无所作为，或者遇到挫折便一蹶不振，就只有品尝失败的苦果。美国的《成功》杂志每年都会报道当年最伟大的东山再起者和创业者，他们的传奇经历中有一个相同的部分，那就是他们在遇到强大的困难和逆境时始终保持乐观的态度，从不轻言放弃。

其次，要树立战胜逆境的信心和决心。我们要始终坚信，任何时候，办法总比困难多，山高高不过太阳，只要坚持不懈，总会水滴石穿，只要奋力拼搏，就一定能迎来胜利曙光。逆境并不可怕，怕的是我们逆商太低，被逆境吓到，没有战胜逆境的信心和决心。可口可乐的总裁古滋·维塔就是一个高逆商的人。40年前创业时身上只带了40美金和100张可口可乐的股票，40年后竟然能够领导可口可乐公司，让这家公司在他退休时股票增长了7倍！整个可口可乐价值增长了30倍！他在总结自己的成功历程时讲了这样一句话："一个人即使走到了绝境，只要你有坚定的信念，抱着必胜的决心，你仍然还有成功的可能。"古滋·维塔是高逆商的代表，他的一生经历了无数的坎坷，但都一次又一次地被他超越了，这得益于他战胜逆境的信心和决心。

最后，要有百折不挠的韧劲和吃苦精神。光有战胜逆境的信心和决心还不够，还要有战胜逆境的能力，逆商的高低大小，最终要落实到实际行动上，最主要体现在两个方面，一是要有不屈不挠的韧劲，"咬定青山不放松，任尔东西南北风"，孙中山为推翻满清政府，前后进行了十多次起义，一次失败接着又一次失败，但他毫不气馁，愈挫愈勇，屡战屡败，屡败屡战，终于迎来了辛亥革命的成功，建立了不世功勋。二是不怕吃苦。能吃世间难忍之苦，方能成天下过人之事。基于这个道理，为提高孩子的逆商，日本许多学校对中小学生进行"荒岛"生存实验，一些幼儿园对儿童进行四季裸体锻炼，培养其吃苦精神，磨炼其意志品质。

印度则设立"饥饿日",让孩子们增强忍耐饥寒的能力。近年来,国内一些高校也组织大学生开展野外"生存"训练,大学生们感觉收获很大。

世事多艰,不如意事常十有七八,逆境与挫折会经常伴随我们,那么,培养点逆商,增加面对挫折、摆脱困境和超越困难的能力,就应该成为我们涉世创业的必修课,立足社会的基本功。

学学"蚌病生珠"

我看过一个墨西哥电影《珍珠》，奎诺是一个辛苦的渔民，生活贫困，儿子被蝎子咬了也无钱医治，差点死掉。一次，他在深海捕捞到的百年老蚌中获得了一颗绝世珍珠！于是他的生活发生了剧烈变化，官员、渔霸、商人、医生、流氓，都为得到这颗珍珠而费尽心机，不择手段，最后，受尽迫害的的奎诺愤怒地把珍珠扔进了大海。

原来，一粒沙子嵌入蚌的体内后，蚌无法排除体外，就分泌出一种半透明的物质用以疗伤。经过很长时间，那粒沙子被层层包裹起来，就形成一颗晶莹璀璨的珍珠。看上去熠熠生辉、为人们无比珍爱的的珍珠，竟然是蚌之"伤病"的结果。古代有个成语就叫"蚌病生珠"，引申为文人因不得志而写出好文章来。高燮诗曰："嗟哉蚌病乃生珠，诗渐可读消雄图。"

细细想来，自然界"蚌病生珠"的事物还真是屡见不鲜。狗因病而得狗宝，牛因病而生牛黄，马因病而得马宝，西藏拉萨一座著名寺院的一尊佛像缀有一颗价值连城的宝石，居然是来自南亚一头大象脑子里的一块结石。看来"病"也并非都那么可怕,都一无是处,有时候竟然也能"病"出好处,"病"出奇迹来。

人生在世,磕磕碰碰,争争斗斗,总难免会遇到伤病,有肉体伤,也有心灵伤。肉体伤可借助医生和药物来疗伤,而心灵受伤,则主要靠自己来疗伤痊愈,当然别人的解劝也能多少起点辅助作用。那么,我们何妨也学学"蚌病生珠",把不幸的伤病变成自强不息的动力,变成由痛苦走向辉煌的养分,即所谓把坏事变成好事。

检视历史上那些伟大的成功者,谁不是伤痕累累,饱经忧患?无非是他们善于自我疗伤,把每一个伤痕都变成了事业的新起点,把每一个伤痕都变成了令人赞叹的不凡经历,把每一个伤痕都变成了光彩熠熠的珍珠。

司马迁遭受宫刑,创深剧痛,生不如死,"肠一日而九回"。他用名山事业来疗伤,用"究天人之际"的抱负来疗伤,几十年惨淡经营,呕心沥血,终于为中国史学凝结成一颗硕大无比的美丽珍珠《史记》。

苏东坡贬谪黄州,众叛亲离,痛不欲生。他用黄州的青山绿树来疗伤,用赤壁的拍岸惊涛来疗伤,短短几载,就捧给我们《念奴娇·赤壁怀古》、前、后《赤壁赋》等一串光彩夺目的珍珠,登上了中国历史的文化高峰。

耳朵聋了,对于一个音乐家来说,几乎是致命的伤痛,但顽强不屈的贝多芬却紧紧"扼住命运的喉咙",他用美妙的旋律来疗伤,他用疯狂的创作来疗伤,他奉献的最好"珍珠"几乎都来自耳朵聋后的十几年。

居里夫人失恋了。哦,那时侯她还叫玛丽,那是她的初恋,她受到严重的打击,也想到了以死解脱。当然她没有,因为她最后明白了:只要能撑得住孤独和痛苦的煎熬,就会蚌病生珠,否极泰来。后来,她果然成功了,不仅有了幸福美满的婚姻,还荣获两次诺贝尔奖,为人类奉献了镭和钋两颗无比灿烂的珍珠。

我们出来闯世界，就少不了打拼磕碰，遇到伤病也在所难免，怕，不是办法；躲，也很难躲过去。最好的主意，就是要学学蚌贝，努力掌握自我疗伤的本事，善于把生命的创伤变成美丽的珍珠，而自强不息、坚忍不拔就是这种创造生命奇迹的物质的主要成分。蒲松龄的那副名联则是其最好注解："有志者，事竟成，破釜沉舟，百二秦关终属楚；苦心人，天不负，卧薪尝胆，三千越甲可吞吴。"

"蚌病生珠"，这当然是一个痛苦漫长令人煎熬的过程，但那美丽的珍珠就是对我们的最好回报。

要坐对"椅子"

　　古人有一首著名的咏史诗:"隋炀不幸为公子,安石可怜做相公。若使二人穷到老,一位名士一文雄。"隋炀帝杨广才华出众,诗文俱佳,如果他没当皇帝,按着自己的爱好发展下去,很可能会成为一个著名的诗人。而王安石倘若不当宰相,一心为文,肯定能在文学方面获得更大成就,写出更多有影响的文章,可惜他的大部分精力都放在朝政纷争上,干了一大堆力不从心又出力不讨好的事。从根上讲,他们的悲剧就是没坐对椅子。所以,西哲有一句很到位的至理名言:人才就是坐对椅子的人。

　　还有曹植,才高八斗,满腹锦绣,骨子里明明是个文人,偏也想坐坐龙椅,尝尝南面称帝的味道,幸亏哥哥曹丕当了他的"牺牲品",这才使得曹植坐对了椅子,一门子心思去当他的文人,雕琢文章,撰写诗篇,苦心孤诣,殚精竭虑,终于成了远比父兄成文学就更大的诗人。设若他取代曹丕坐了龙椅,就依其柔弱性格、文人习性,皇帝未必能当好,诗文估计也难再有什么佳作名篇了。

而明熹宗却对坐龙椅没兴趣，对当木匠心向往之。大臣们硬把他塞到龙椅上，他就来个消极怠工，天天猫在后宫里干木匠活，斧锯刨凿无所不精，手艺比外边的能工巧匠还高。这绝对是历史一大悲剧，一个不想坐龙椅的人偏偏不得不坐，他想坐木匠那把椅子，又碍于皇室体面、名声让他不能坐，他就不务正业，拿国家大事当儿戏。最终结果是两头耽误，少了一个可能会成为鲁班级的木匠大师，多了一个昏庸无能、无心朝政的糟糕皇帝。

胡适先生早年留学归来，一心要搞学问，曾发誓20年不过问政治。设若按自己原先的思路去发展，以他的学养和潜质，本可以成为历史研究方面的泰斗，哲学研究方面的大师，可惜他心志不坚，不甘寂寞，学术椅子没坐几年，就坐到污浊的官场政治椅子上，热衷于当大使，当院长，还曾试图竞选总统。结果是政治没搞好，弄得一团糟，学问也丢得差不多了，历史研究、哲学研究都虎头蛇尾，搞了一半就扔下了，实在可惜。虽然，他有一堆很好听的博士头衔。

我们常把逼着人去干那些并不适应的工作称之为"赶着鸭子上架"，他就是硬着头皮去干，心情不舒畅，也难以发挥最佳状态，最后结果是工作没干好，把一个人的前程也耽误了。还有一种情况是自己对自己的定位不准，不知道自己究竟适合干什么，看见什么热闹、什么引人注目、什么油水厚、名利大就干什么，其实那未必适应你，一旦坐错椅子，人才也就成了庸才，聪明人也成了糊涂虫，再回头就晚了。

达尔文的父亲曾逼他去坐神父的交椅、医生的交椅，挣钱多且名声好。但他知道那都不是自己适合的椅子，所以，宁肯很"没出息"地和花花草草虫虫兽兽打交道，最后成了一代大师，创立了被誉为19世纪三大发现之一的进化论。而进化论就有一个基本观点叫"物竞天择，适者生存"，如果再进一步把这个观点引申到选择工作上，适者才能成功，适者才会幸福，适者也就是坐对椅子的人。

椅子也没有高低贵贱之分，只有是否适应之别。因而我们在选择椅子时，一定要不慕虚荣，不赶潮流，不被旁人所左右，从自己的实际出发，尽可能把爱好、特长、理想与椅子结合起来，干自己喜欢干的事、擅长干的事，以求一个人尽其才，求一个心情舒畅，而不必管别人的飞短流长，不在乎舆论的说三道四，坐稳你的椅子让人说去吧，千万勿蹈隋炀帝与王安石的覆辙。

成功的"绝招"

作家蒋子龙在《2007年的绝招》一文中说："全国十大杰出青年、安踏掌门人丁志忠，讲出了他成功的原因：51%～49%，是父亲教给我的黄金分割比例。他很早就告诉我，你做每件事情，都要让别人占51%的好处，自己只要留49%就可以了。长此以往，可以赢得他人的认同、尊重与信任。"

这种"绝招"，其实一点也不新鲜，清末红顶商人胡雪岩谈到自己的成功绝招时也说过一句名言："前半夜想想自己，后半夜想想别人"。美国经营之神卡耐基也早就说过："生意场上想把所有好处都拿到自己手里的人，路会越来越窄，生意伙伴会越来越少，就等于是慢性自杀。所以，成熟的商人一定要学会与人分享利益"

这种"绝招"，说说容易，做到却很难，毕竟是金钱，是利益，是好处，眼睁睁地分给别人，会心疼的，小心眼的商人，心胸狭窄的老板，是下不了这个决心的。能让利与人，特别是能让别人多占好处的人，得有大胸怀，大度量，当然自己也肯定会有大发展，大前途、大造化。咱们中国的招商引资为什么搞得那么红火，在全球名列前茅，就是因为咱们肯让利与人，不怕人家多得好处，你投资我欢迎，你赚钱我高兴。道理很简单，无利不早起，你不让人家得好处，他为什么会漂洋过海来你这里投资办厂，你又怎么能实现双赢？

相比较而言，把这种"绝招"运用得炉火纯青的，当属华人首富李嘉诚。他的经营理念之一是利益均沾："人不是神，不能不考虑自己的事。但是，只顾自己是不行的，双方都要考虑到。"所以，和李嘉诚做生意的人都能赚到钱，大家也都乐意和他做生意。有钱大家赚，利润大家分享，这样才有人愿意合作。经营理念其二是如欲取之，必先予之："假如拿10%的股份是公正的，拿11%也可以，但是如果只拿9%的股份，就会财源滚滚来。"经营理念其三是让利交友，广结善缘："人要去求生意就比较难，生意跑来找你，你就容易做，那如何才能让生意来找你？那就要靠朋友。如何结交朋友？那就要善待他人，充分考虑到对方的利益。"

再回头看看历史，楚汉之争，为何兵强马壮的项羽反而最后四面楚歌，兵败乌江？原因之一，就是项羽太贪、太抠、太小气，不肯把好处分给部下，赏钱吝啬，分封更小气，所以，有点本事的人都跑到刘邦哪里去了。刘邦虽没有项羽那么勇猛无敌，力能扛鼎，但他懂得重赏之下必有勇夫的道理，肯大把赏钱，慷慨封官，韩信要求封个假齐王，刘邦大大方方地说，要封就封个真齐王，把假字去掉。也怪不得韩信那么给他卖命。

总之，生意兴旺长久的商号，老板一定是肯把好处让人的商人，像李嘉诚、胡雪岩；朋友满天下的人，一定是不让朋友吃亏的人，就像乐于助人的及时雨宋公明，甘愿少分金的鲍叔牙；威信高的将军，一定不会与同事争功，抢部下奖金，就像大树将军冯异，飞将军李广；能与邻居和睦相处的人，一定是不会占人便宜、而肯于吃亏的高邻，所以才会有孟母三迁，有千金买邻，有"让他三尺又何妨"，能与这样的人为邻结伴也是三生有幸。

肯吃亏，能让利，不怕别人多得好处，既是经营之术，交友之道，也是人生智慧，处世经验啊！

第五辑　杂花生树

"有钱"与"值钱"

　　这个世界上，谁都离不开钱，吃穿住行皆要用钱支付，再清高的人也要和钱打交道。于是，围绕着人与钱的关系，就形成了各色人等：有钱的人与值钱的人；有钱又值钱的人与有钱但不值钱的人；值钱却没钱的人与没钱也不值钱的人。

　　有钱的人却不值钱，他们一无本事，二无贡献，却富得流油，这是最不合理的。最典型的就是某些富二代、官二代、名二代，就因为有个"好爸爸"，一生下来就在钱堆里打滚，好吃好喝，应有尽有，花天酒地，一掷千金，结果多数都成了啥都不会的纨绔子弟，四肢不勤，五谷不分，虽然有的是钱，却最终一事无成，一文不值。

　　值钱的人却不一定有钱，这是最令人遗憾的。大科学家钱学森当年从美国回来时，美国海军次长金波尔就说"钱顶美国五个师的兵力，绝不能让他走"，言外之意，他很"值钱"。但他始终对钱没多大兴趣，自愿过着平常的生活，即便后来拿到一笔百万奖金，也很快就捐赠了出去。还有邓稼先，那可是中国原子弹、氢弹的总设计师，参与指导了中国进行的全部32次核试验，你说该值多少钱吧？可他一直生活清贫，拿着普通人的工资，两弹试验成功后，他得过两次奖金，共二十元。今天听来确实令人齿寒。

因而，让值钱的人又很有钱，才是最公平最合理的。齐白石很有钱，是因为他的画很值钱，随便涂抹几笔，就能换来成千上万的银子；乔布斯很有钱，是因为他的脑子很值钱，善于经营，大胆创新，一个"苹果"就使他财源滚滚股；股神巴菲特很有钱，是因为他的点子、眼光很值钱，能和他共进晚餐，需付出三四百万美元的高价，就这还要排队。这样的人，造福社会，服务公众，自己也不少挣钱，充分体现了多劳多得的价值规律，多多益善。

一个正常的社会，就应该是越值钱的人越有钱，因为其劳动质量高，社会贡献大，反之，若值钱的人却没钱那就是悲剧。文革十年时，黄钟毁弃，瓦釜雷鸣，"知识越多越反动"，那些"值钱"的专家、学者、教授、科学家，或被打成"三名三高""反动权威""白专道路"，或被关进牛棚，被勒令去打扫厕所，家产被没收，工资被扣发，至今提起来仍让人心有余悸。如今，虽然知识、技能值钱了，但不值钱却有钱的人也不少，这种人身无长技，早晚会坐吃山空，长则几十年，短则十年八年，就一定会破落衰败，"金满箱，银满箱，转眼乞丐人皆谤"，难逃富不过三代的规律。所以说，有钱的人却不值钱是很危险的。

要让值钱的人有钱，一是社会要形成尊重知识、尊重科学、尊重创造、尊重技能的氛围，打破大锅饭、平均主义的羁绊，就是要让有能耐、贡献大的人先富起来，腰缠万贯，富得让人嫉妒；二是那些值钱的人自己也要拿出真本事，干出绝活，做出突出贡献，让你的老板、上司觉得你确实物有所值，就该给你高薪，也让你周围的人口服心服：人家就是有本事，值这个价！

一个经济繁荣、科学昌明的社会，一定会有一大批既值钱又有钱的人成为社会中坚，显示着正能量，起着榜样的力量，昭示更多的人像他们那样，靠本事吃饭，凭能力处世，引领劳动为荣、不劳而获可耻的社会风气。你想有钱吗？就去长本事，学知识，充实自己，强大自己，有了金刚钻，敢揽瓷器活，栽下梧桐树，自有凤凰来。君不见那些经验丰富的企业高管，那些造诣高深的教授学者，那些擅长赚钱经营的商场骄子，那些身怀绝技的高级技工，那些摘金夺银的体育健儿，不是到哪里都抢手，到哪里都吃香喝辣的？

让值钱的人有钱，那是必须的。

抠门

我是一个抠门的人，常被老婆嘲笑为"葛朗台"。其实，老婆比我还抠，一进超市，就奔着打折柜台去，哪次没买到便宜货，就气呼呼的没好脸。要说我们的收入也不算低，虽没进入"中产"，跻身"小康"还是有把握的，可就是花钱抠抠缩缩的，自己也感觉有些小气。后来看了不少报道，这才知道，抠门的名人、富人比比皆是，且都被说成是美德。

齐白石是个艺术大师，也是个抠门大师。他卖画有"三不"：不赊账，不还价，不以物代钱。想让他白送一幅画，更是难上加难。他虽有的是钱，却非常"抠门"。家里的油、米，齐白石都会锁起来。每餐做饭，必亲自开锁，自己量米。有时他伏案作画，家人在一旁择菜叶，齐白石会放下画笔，走上前捡起几片菜叶，不悦地说："这些还能吃，怎么就扔了……"

金利来集团董事局主席曾宪梓也以"抠门"著称。一次，他与应邀赴港的贫困大学生交流。他告诉同学们，他到香港至今50余年，没上过一次歌舞厅，没去过一次夜总会，现在每餐半碗饭、一点肉、一点青菜，一餐消费10元钱。当天,曾宪梓与贫困大学生共进午餐,饭后,他亲手将桌上没吃完的点心收集打包,令在场的学子深深震撼。

"小巨人"姚明的"抠门"也是人尽皆知的。有一回,他从美国回到北京,下飞机时,已到了吃晚饭的时候,迎接他的领导和朋友们问他:想到哪儿吃饭?想不到姚明竟然问道:"训练局的食堂开没开,咱们去食堂吃吧。"话音刚落,引起大伙一片笑声,纷纷给他开玩笑说,你现在都是国际巨星、亿万富翁了,吃食堂不怕掉价?姚明则一本正经地回答:"省一点是一点嘛!"

豫剧大师常香玉,生前住的是白灰墙、水泥地的旧房子,用的是单位几十年前发的旧家具。她一辈子很少穿新衣服,在她病重时,女儿曾说:走时给你穿一件新秋裤吧?她说,旧秋裤洗洗,干净就中。就这样,她去世时仍穿的是一套旧衣服。她日常生活习惯更是"抠门",不许孩子在外面馆子里吃饭,连买菜都要求保姆:"下午买便宜。"小女儿在国外打来越洋电话,为省话费,常老总是简单说几句就要挂电话。

还有世界首富比尔·盖茨,他虽富可敌国,但却没有自己的私人司机,公务旅行常坐经济舱,衣着也不讲究名牌,常常就是一件白衬衣加一条牛仔裤,他还对打折商品感兴趣,不愿为泊车多花几美元。盖茨说:"我确实很抠门,从来都是这样,但我没觉得这样有什么不好。一个人只有用好了每一分钱,他才能做到事业有成、生活幸福。"

如果仅到此为止,他们的抠门与我的抠门并无高下之别,难与美德挂钩,关键是他们还有非常大方的一面,这一来就道德升华了。白石老人经常接济家乡穷人,每每慷慨解囊,他还多次参加义卖,主动向国家捐画多幅;曾宪梓多年以来已累计向全国科教、福利等事业捐款8.1亿元;姚明热心慈善捐款、支援灾区、捐赠山区教育事业等公益事业,动辄就是几十万元,眉头皱都不皱;常香玉为给志愿军捐献飞机,卖掉了汽车、首饰,拿出自己的全部积蓄,并带领剧社义演半年180多场,至今传为美谈；比尔·盖茨更是早就立下遗嘱，身后要把绝大部分财富捐献给社会。值得欣慰的是，我虽财力有限，但也多次参加慈善捐赠活动，略尽绵薄，善小而为，自以为也算美德之举。

　　有时，我也想改变自己的抠门习惯，花钱"猛"一点，对自己"狠"一点，但一到关键时刻就被打回原形了。我只好安慰自己，多年形成的生活习惯，自有其合理成分，这就叫江山好改本性难移吧。

亚美女与亚帅哥

这个世界上，美女与帅哥永远是主角，回头率一直居高不下，镁光灯最钟情他们，刊物封面常露脸，还是无数粉丝的梦中情人。

比美女次一点的叫"亚美女"，长得也不错，但比美女似乎总要差点什么，譬如眼睛不够妩媚，鼻梁没那么高耸，皮肤没那么白嫩，下巴没那么圆润，身材没那么苗条，以影视圈为例，就像闫妮、王珞丹、秦海璐、徐静蕾、周冬雨等，都算是"亚美女"。比帅哥次一点的叫"亚帅哥"，譬如濮存昕、陈小春、张国立、孙红雷、凌潇潇、黄海波等，也是同样小有缺憾，比不上刘德华、周润发、黄晓明、刘烨那么帅气逼人。不过，他们虽没有美女帅哥那么耀眼，不会一见面就倾倒一片，被惊为天人，也很难被人一见钟情，缠着不放，但会越看越有滋味，越看越有韵味。

美女帅哥，就好像一览无遗的广场，一见面固然令人有惊艳之感，却没有让人继续深究探寻的兴趣，总觉得他们缺乏内涵，像个花瓶——当然这可能不无偏见。亚美女与亚帅哥则好像庭院深深，看门脸貌不惊人，真要深入进去，则别有洞天，景色迷人，让人大开眼界，流连忘返。还有一点，美女帅哥，因其完美无瑕，美得咄咄逼人，令人喘不出气来，很难接近，似乎生活在半天云中。亚美女与亚帅哥，小有瑕疵，美中不足，反倒更接地气，就像邻家小妹、隔壁大哥，使人感到亲近。

当然，亚美女与亚帅哥也有一定容貌资本，但还远不足以凭脸蛋和外形吃饭，所以特别用功，愿用努力来弥补容貌的不足，当演员的就在演技上练绝招，写小说的则在笔头上出精品，做生意的就在商场上显高低，最后内外兼修，才艺两全，反而成了最受欢迎的人。婚姻上他们也比美女、帅哥更容易成功，因为自身没那么多傲人本钱，就不会恃才傲物，目高于顶，也不会过度挑拣，苛求他人。还因为他们没有那么靓丽妖艳，婚后又会给人安全的感觉，属于住着舒适、温馨的"经济适用房"，就连觊觎情感的小偷也不愿在他们身上多费功夫。

人，长得丑肯定不是好事，除非能熬到"丑星"地位，像葛优、潘长江那样打出一片天地；长得太漂亮也未见都是福音，史上"四大美女"三个半命都不好，希腊美女海伦被撕扯来去，一辈子就没几天好日子过，著名帅哥潘安、嵇康皆死于非命。古往今来，红颜薄命，既有自己的毛病，也有外在的原因，所谓树欲静而风不止。亚美女与亚帅哥就没这么多的困扰，他们一般不会被选入宫内去陪皇帝，或许一辈子都在深宫里守活寡，不会被公主她娘硬拉去当驸马，连尽一次夫妻之道还要左请示右汇报。他们也不会被成千上万的粉丝骚扰，到哪里都得乔装打扮，还要千方百计避开狗仔队的盯梢，稍有一点"情况"就立刻被渲染炒作的人人皆知。

常看到一些名人或非名人谈择偶要求：千万不要太漂亮的，只要看着顺眼就行，还是这种人可靠。"顺眼"其实就是亚美女与亚帅哥一类人物，"可靠"则是经验之谈也是睿智选择，也有统计数据支持。所以，一个单位里，亚美女与亚帅哥往往最抢手，供不应求，早早就踏入婚姻殿堂，而最后剩下的反倒可能是自我感觉良好的美女帅哥。如果一个人能选择自己容貌，我觉得当个亚美女与亚帅哥就挺好，平实、安稳、清净、优雅，既不会自惭形秽，抱怨造物主不公平，也不会以貌凌人，靠脸蛋吃饭。

不过，也有些亚美女、亚帅哥，因为自觉有欠完美而动刀动剪，结果往往弄巧成拙。还不如各安本分，敝帚自珍，当个亚美女、亚帅哥，挺好！

还是"环肥燕瘦"好

  韩国小姐选美比赛开始了。候选人照片一公布，就让公众大吃一惊，20位佳丽中除了发型不同之外，一样的瓜子脸，一样的杏仁眼，一样的柳叶眉，一样的高鼻梁，一样的樱桃小嘴，就像是孪生姐妹一样。原因很简单，她们几乎都是照着影视明星宋慧乔、韩泰熙模式整的容，有几个还是同一个医生动的手术。这下子评委犯难了，选手都漂亮的无可挑剔，且大同小异，谁当冠军都难服众，谁落选都不服气。有网友幽默地发帖说：现在宣布2013年韩国小姐选美结果，候选人都落选了，整容医生得奖了！
  美，古今中外都没有一定之规，春兰秋菊皆为鲜花，环肥燕瘦尽是美女，你喜欢丰腴肥美的杨贵妃，"春宵苦短日高起，从此君王不早朝"；我青睐小巧玲珑的赵飞燕，"掌中舞罢箫声绝，三十六宫秋夜长。"正因为生物具有多样性，才会百花齐放，万紫千红，草长莺飞，美不胜收。同样道理，美女也应独具特色，各有千秋，美得与众不同，让人过目不忘，如果满街都是"范冰冰"，到处可见"章子怡"，千人一面，那也会很乏味，很无聊，容易引起人们审美疲劳，结果是"美将不美"。
  选美如此，为文亦如此。好的文章，一定是独辟蹊径的，特点鲜明的；优秀的作家，一定是特立独行的，耻于跟风，羞于模仿，宁肯少写，也不愿去嚼人家嚼剩下的馍。就说当代作家吧，鲁迅的辛辣尖锐，机智幽默；孙犁的朴实清新，秀雅隽永；汪曾祺的浑然天成、清淡委婉；史铁生的平淡拙朴，意蕴深沉；莫言的汪洋恣肆，大开大合，其文章、文风都是文艺百花园中的奇葩，但又都美得各自不同。如果搞个文学选美，我愿意为他们投赞成票，也估计他们会高票当选。而那些什么热闹写什么，谁的名气大就跟谁学的作家，武侠热时写武侠，盗墓热时写盗墓，穿越热时写穿越，谍战热时写谍战，永远写不出自己的特点，写不出自己的价值，写得再好，也无非被人夸一句：很像某某。

　　为文如此，演剧也如此。时下的影视剧数量惊人，质量却良莠不齐，最为人诟病的就是跟风、雷同。家庭剧热的时候，屏幕上满眼都是婆媳斗法，姑嫂勃谿，兄弟反目，夫妻冷战，人人都是伶牙俐齿，家家都是战火纷飞。抗战剧热的时候，仅 2012 年一年，横店影视城就接待了 48 个涉及抗战题材的剧组，一个演"日本兵专业户"的群众演员，一天就"死"了八次。历史剧热的时候，可以有五个武则天的戏同时上映，六个朱元璋在荧屏上一起表演，最让人吃惊的是"四爷"雍正，甲台正和若曦暧昧，乙台又和怜儿缠绵，丙台还苦恋晴川，丁台又娶了甄嬛……网友们感慨："生活就像四爷，不是你换台就能逃避的。"再就是高度雷同，内容雷同，情结雷同，对话雷同，桥段雷同，就像韩国那 20 个选美小姐一样，你就是拿放大镜看，也很难分出张三、李四来。

　　再推而广之，无论是城市建设，楼房设计，小区规划，还是房屋装修，穿衣戴帽，都应突出特点，形成风格，因地制宜，切勿盲目跟风，抄袭仿照，因为那弄不好就变成整形医生手下的模式化美女。已故费孝通老先生在 80 寿辰聚会上，曾经意味深长地讲了一句 16 字箴言："各美其美，美人之美，美美与共，天下大同"。这既是高雅的美学观点，也是高明的政治主张，依此而行，各美其美，我们方可建成春兰秋菊各擅其场，环肥燕瘦并行不悖的美丽花园。

"宝马里哭"与"自行车上笑"

在非常火爆的综艺节目《非诚勿扰》里,"拜金女"纷纷出现在人们视线,她们扬言"宁愿坐在宝马里哭,也不愿骑着自行车笑",很快就成为网络流行的拜金真言。

宝马,自然就意味着豪富之家,而"坐在宝马里哭",就说明嫁进豪门后生活很痛苦,很郁闷,或因没有爱情,缺乏共同语言,或因在家里受歧视,受冷落,可即使是这样,也要在宝马车里忍辱负重,流泪也要流在宝马车里,至少在外人看来,自己是风光的。

自行车,则意味着普通平民家庭,而"骑着自行车笑",就说明小两口恩恩爱爱,互相体贴,相敬如宾,虽然物质生活没那么阔绰,没有豪宅名车、巨额存款,但小日子过得很惬意,很舒心,每天都笑口常开,幸福指数很高。这也正是时下许多普通家庭生活的真实写照。

当然,婚姻的最理想状态是"坐在宝马里笑",夫君既有钱,又疼爱自己,婆家既阔绰,又家庭和睦,自己既可以大把花钱,又过得幸福、舒心,可是有这样运气的人不多。清代的《秋灯丛话》卷六记,有齐女待嫁,东邻富而丑,西邻俊而穷,两人均来求婚。问她钟意哪个,齐女害羞,不好意思开口。其父亲说,不言语也行,你要是想嫁西邻,就袒露左臂，要是想嫁东邻，就袒露右臂。齐女两臂皆袒，其父大惑不解，齐女说：我想食在东邻，宿在西邻。可世界上有这么好的事吗？看来，既要扬威宝马又要笑口常开，既想嫁入豪门，又想收获真爱，也是古已有之的历史性难题啊。

尽管如此，还是有许多人对"坐在宝马里哭"趋之若鹜，广州最近一份调研报告就爆出六成女大学生想嫁富二代，至于嫁过去是哭还是笑，那就不管了。平心而论，女性希望通过结婚嫁给富二代的方式，改善目前的生活状况的心理，可以理解，但如果女性把未来生活的全部寄托都放在婚姻上，这是丧失自我的表现，也是很靠不住的，同时也是对爱情、婚姻的亵渎和不负责任。我们知道，对一个有权力支配自己婚姻的自由人来说，婚姻的根本依据就在于爱情，至于其他东西，如门第、财富、地位、名气等等，都是爱情的附属品，而现在的拜金女们，则本末倒置，把宝马车代表的财富放在高于一切的位置，把最重要的爱情放在无关紧要的位置，我觉得这是很可悲的，不夸张地说，这是一种历史的倒退。

人生在世，既要过物质生活也要过精神生活，这是人与动物的最大区别。婚姻也是如此，夫妻两人在一起，既要有物质的共享，也要有心灵的共鸣，精神的共振，还要同甘共苦，相濡以沫，这才是高质量的婚姻生活。反之，如果坐在宝马车里却夫妻反目，住在豪华别墅里却同床异梦，同桌吃着山珍海味却又各怀鬼胎，这样的婚姻，度日如年，不胜煎熬，人前强颜欢笑，人后悲戚流泪，又有什么意义呢，与关进金笼子里的金丝雀有啥两样？

不过，人各有志，有人就是愿意坐在宝马车里哭，以换来表面的虚荣，有人就是愿意选择没有爱情的婚姻，以换取物质的享受，那也是她的自由，是她对人生思考的结果，需要提醒她的是：生命只有一次，青春十分短暂，爱情无比美好，你要珍惜啊，不要一失足成千古恨！毕竟，笑比哭好，不论你是坐在宝马车里哭，还是坐在奔驰车里哭，泪水都是咸的，鼻子都是酸的，哭相都是丑的，感觉都不会太好。

被狗咬了之后

前几日晨练时，我不小心被狗咬了一口。

狗，黄色，类似南方土狗，形象猥琐，毛色发暗，不像有什么高贵血统。被咬后，我出自本能反应，一脚踢去，狗嗷嗷叫了几声跑开。这时听到后边一女人娇滴滴的声音："宝宝，谁欺负你了，赶快到妈这儿来。"我一看，认识，同小区一少妇，素以泼蛮出名，很难缠。就忙对她说："你的狗咬我一口。"

少妇顿时柳眉倒竖："你一大活人，怎么跟狗一样见识，它不懂事，难道你也不懂事？"得，被狗咬了一口，我倒还没理了。

她还不依不饶："告诉你吧，为啥不咬别人单咬你，因为我的宝宝每天早晨都在这里撒尿，谁叫你占了它的地方。再说了，这几天它正在发情，脾气躁着呢。"

我请经常一起晨练的大学老师高先生给评理，他给我开玩笑说："算了吧，它咬你一口，你踢它一脚，扯平了。再说，你好赖也是个作家，小区名人，狗咬了名人自然也就成名狗了，你也得理解人家急于出名的心情啊。"

187

我只好自认倒霉,赶快打车到防疫站打了狂犬疫苗,回到家里,犹自痛恨不已,作阿Q状:狗仗人势,人助狗威,什么东西,老子懒得理你!

躺在床上,伤口隐隐作痛,我不由思绪纷繁,瞎琢磨起来。如果被狗咬之后该怎么办?鲁迅先生的态度是毫不留情,痛打落水狗,于是,就有了一场与梁实秋的文坛混战,打得不可开交。再一种态度是惹不起躲得起,被咬后赶紧跑开,去打狂犬疫苗;第三种态度是对咬,你咬我一口,我咬你一口,出口恶气,这种人极少,但也有。所以,狗咬人不是新闻,人咬狗才是新闻。最极端的态度是把狗打死,吃肉,类似鲁智深、李逵之类,不过一般人没这个本事,似也与时俗世风相逆。

人活在世上,就免不了被狗咬,有四条腿的狗,也有两条腿的"狗"。京剧《红灯记》里,李玉和痛斥叛徒王连举是一条"断了脊梁骨的癞皮狗";电影《节振国》里,节振国骂当了汉奸的旧日朋友"你这狗东西";鲁迅在杂文里骂梁实秋是"资本家的乏走狗";而生活中见谁红就咬谁,谁过得好就咬谁的人,就叫疯狗。哪个单位或地方如果有了一两条"疯狗",逮谁咬谁,咬红了眼,那就人人自危,天下大乱了。

吃一堑长一智。这次不幸被狗咬后,我总结教训,以我血衰气老之体,以后再见到狗,不论是两条腿还是四条腿的,特别是一看就是好勇斗狠的狗,都要离得远远的,以防不测;其次,万一被狗咬之后,千万不要冒然还击,要先看看是野狗还是家狗,野狗自然无妨,踢打随你,家狗那就得小心点,因为每一条家狗后面都可能站着护短的主人;再次,无论如何不能与狗对咬,那既失身份,又很危险,因为你是有智慧和理性的人,而对方是发情或发疯的狗,虽然可能叫着很好听的名字,譬如宝宝、乖乖及其他。

而且,虽然你这一咬,就立马成了"人咬狗"的新闻,你就可能跻身"网红",吸引大量眼球,但还是不咬为好,弄不好沾上狂犬病毒,后悔莫及。

宁可相信有"天国"

迄今为止，尚无任何可靠的科学证据支持"天国"之说，但全球仍有数亿信教和不信教的人相信冥冥之中有个天国。这与其说是迷信，不如说是一种希翼；与其说是荒诞不经的愚昧，不如说满怀希望的向往。就像人们一直在与外星人联系，用尽各种手段，可是至今没有一点音讯，人们仍在顽强地寻寻觅觅，希望有奇迹发生。

如果没有天国，那该多让人失望。我们死后，孤独的灵魂将栖身何处，与早已仙逝多年的父母该在哪里相会，先我而去的爱人、兄弟、朋友、师长，怎样再和你共诉衷肠？想想看，每年的祭日，我们都会在亲人的灵前郑重地祭奠，默默地祈祷，既是安抚自己的心灵，思念先逝的亲人，又何尝不是希望天国的亲人能得到安息，听到祝福。

如果没有天国，会让人觉得这个世界太不公平。那些作恶多端欺男霸女的坏人，贪得无厌为富不仁的豪富，生前恣意妄为，挥金如土，死后就得让他们尝尝不能进天国的痛苦，让他们挣扎在黑暗的地狱里，为他们在人间造的每一分孽而赎罪、思过。而那些生前积德行善的好人，受苦受难的穷人，将会在天使的引导下，升入美丽的天国，与久别亲友相会，共享无垠幸福。因此，真该感谢耶稣，因为他说了一句也许是空话的千古名言：富人死后想进天国比牵骆驼过针眼还难。

而有了天国，就有了一层特别的寄托。我们相信自己做的一切事情，列祖列宗都在天国看着我们，为我们高兴，替我们着急，使我们不敢懈怠，不生邪念，老老实实，本本分分地走好自己的人生之路。有了天国，就添出了特殊的希望，有朝一日，我们也会在天国里俯视大地，关注着子孙后代的生生不息，为他们祈祷，祝他们好运，完成我们生前未竟的事业，继承我们为之奋斗的理想。有了天国，就有了别样的忌惮，正所谓"人在做，天在看"，谁做了坏事，伤天害理，早晚要受惩罚，上帝明察秋毫无所不在的眼睛，决不会放过你，天国也会把你列入禁止入境名单，你就地狱里哭去吧。

有了天国，也给了爱情新的永恒天地。那些在人世间生死相许却无法结合的情人，那些心心相印却难以成婚的怨偶，不必再抱憾终生，也无须殉情去死，尽可以将来在天国里喜结连理，共赴爱河。只要你耐心等待，活着这辈子感情的遗憾，尽可以在天国得到补偿。如果有了天国，你会看到焦仲卿与刘兰芝卿卿我我，爱意正浓；梁山伯与祝英台正在花前月下伉俪情深，夫唱妇和；罗密欧与朱丽叶夫妻恩爱，相濡以沫；贾宝玉和林黛玉携手漫游太虚仙境，听警幻仙子倾情演唱《红楼梦》……

我不是有神论者，但我宁可相信有天国，一个虚无缥缈但又充满希望之地；我不信生死轮回，但我希望身后能给灵魂找个安魂之处，免得四处游荡；我不怕天谴报应，不信善有善报，但我仍然要做一个好人，上不愧天，下不愧地，中不愧人。

疗妒有方

《红楼梦》第八十四回"王道士胡诌妒妇方"里，贾宝玉到天齐庙里去烧香还愿，问庙中卖膏药的王道士："可有贴女人的妒病方子没有？"王道士说："贴妒的膏药倒没经过，倒有一种汤药或者可医"。这叫做"'疗妒汤'：用极好的秋梨一个，二钱冰糖，一钱陈皮，水三碗，梨熟为度，每日清早吃这么一个梨，吃来吃去就好了。"这当然是胡诌出来的笑话。

嫉妒，古时主要是指女人间、特别是妻妾间的争风吃醋，所以这两个字都带有女字偏旁。嫉妒可不是小事，轻者影响安定团结，重者要出人命，就因为嫉妒，吕后把戚妃都害成"人彘"了，所以，旧时休妻的"七出"就有嫉妒一条。疗妒，就是治疗她们的嫉妒心，使其平和相处，不出乱子。《红楼梦》里的"疗妒汤"，也并非曹雪芹的创意，古已有之，且花样颇多。

南北朝时期有位叫元孝友的官员，给皇帝上了一道别有心裁的奏章，题目就叫"疗妒章"，提议按照官品的大小，决定纳妾数额。一品官娶八个，二品官娶七个，三品、四品官娶五个，五品、六品官则一妻二妾。并且说，要对妻子的嫉妒之情进行批评教育，定期考核。如妻子妒性难移，就要一进行规劝，二经济处罚，三肉体惩处，四强令离婚。这个点子没得到回应，因为皇帝家里也有个"河东狮吼"。

唐太宗的老婆不妒，他受惠不浅，还想惠及臣下，就亲自为大臣妻送上"疗妒酒"。为笼络人心，他要为宰相房玄龄纳妾，房妻死活不肯，百般阻挠。太宗无奈，只得令房妻在喝毒酒和纳小妾之中选择其一。没想到房夫人宁愿一死也不退让，端起那杯"毒酒"一饮而尽。喝完后，才发现喝的是醋。从此人们便把"嫉妒"和"吃醋"融合起来，"吃醋"便成了嫉妒的比喻语。

明代戏剧家吴炳写了一出《疗妒羹》，说是小妾乔小青遭大老婆苗氏所妒，处境艰难，生不如死，后经人救出，又结圆满婚姻，妒妇苗氏也得到应有惩罚。故事共三十二出，当时颇为流传，甚至连朱元璋都看过，并且还照方抓药，亲自做了一道"疗妒羹"。

大将常遇春，是大明开国功臣。此人严重惧内，老婆生不出孩子，还不让他纳妾。朱元璋为了不让老功臣绝后，就送了他两个绝色美女。但慑于老婆的泼悍，常遇春却不敢同房。只是在早上洗漱的时候忍不住赞叹一声美女冰清玉洁的小手，但当他上朝回家后，收到老婆送来的一个盒子，原来老婆已经砍掉了美女的手装在盒子里。朱元璋知道后大怒，就把常遇春的老婆杀了，煮肉熬汤，大开筵席，请大臣和夫人们前来享用。朱元璋说，这道羹，叫做"疗妒羹"，是用常遇春老婆的肉熬成的，让天下的妒妇以此为戒。这也未免太残忍野蛮了，不过也符合朱元璋的好杀性格。

现在，实行一夫一妻制，妻妾相妒已成历史，嫉妒也由本意引申到嫉贤妒能的内容上，不分男女，不分中外，其核心特点就是"笑人无，恨人有"，"既生瑜，何生亮。"英国《大百科辞典》对嫉妒下的定义是

"对他人优越地位和成绩而心中产生的不愉快情感和表现。"培根也说过："嫉妒心是不知休息的。嫉妒是伴随着私心相伴而生,相伴而亡的,只要私心存在一天,嫉妒心理也就要存在一天。"现代医学虽然发达,但迄今为止还没有什么"疗妒"的汤、羹、丸、膏问世,而只要人的地位成绩有高下强弱之分,嫉妒就永远不会告别远去。

如果说这世上真有什么"疗妒"秘方,那无非是教人心胸开阔,与世无争,淡看名利,宠辱不惊。这话说说容易,古往今来能真正能做到的不多。

白日梦

天下之大，无奇不有。浙江绍兴诸暨市浬浦镇一对夫妻躺在床上聊天。丈夫是个彩迷，每天都会买张彩票，但从未中过大奖。他幻想能中奖500万，在分配"奖金"时，丈夫说要给自己买辆车、一部手机和一台电脑，挤一点给父母、亲戚等。因为没留一点给妻子，夫妻俩从床上吵到床下，最后拳脚相向，妻子打120报警。民警教育夫妻俩，白日梦做做就好了，千万别当真。

真是"太阳底下无新事"。这对夫妻的白日梦之战，让我想起明代万历年间《雪涛小说》中的一个故事："一市人，贫甚，朝不谋夕。偶一日，拾得一鸡卵，喜而告其妻曰：我有家当矣。妻问安在？持卵示之，曰：此是，然须十年，家当乃就。因与妻计曰：我持此卵，借邻人伏鸡乳之，待彼雏成，就取中一雌者，归而生卵，一月可得十五鸡。两年之内，鸡又生鸡，可得鸡三百，堪易十金。我以十金易五牸，牸复生牸，三年可得二十五牛。自所生者，又复生自，三年可得百五十牛，堪易三百金矣。吾持此金易举债，三年间，半千金可得也。"这个财迷后来说，他还打算娶一个小老婆。这下子引起了他老婆"怫然大怒,以手击鸡卵,碎之"。于是这一个鸡蛋的家当就全部毁掉了。

刘义庆的《世说新语》也讲了一个类似故事:从前有一对兄弟看到天上的飞雁,准备拉弓射雁。哥哥说:"射下来就红烧着吃。"弟弟不同意:"我看还是清炖的好。"二人争吵不休,最后到社伯那里去评理。长者建议把雁剖成两半,一半红烧一半清炖。随后兄弟俩再去找天上的飞雁,早已不见踪迹了。

这就叫白日梦。古往今来,喜欢做白日梦的人不计其数,最著名的就是南柯一梦。因为做梦不需要成本,也无须费力,还可以给自己带来片刻的欢愉,虚幻的满足。当然,人做梦主要是在晚上,除了电影《盗梦空间》里的那些绝技,一般人夜里做梦是无法控制的,所以常会做些稀奇古怪、乱七八糟的梦,醒来也忘个差不多了。据科学家研究,一个活到80岁的人,一生大约会做两万个左右的梦,也就是夜夜有梦。

白日梦就不然了,虽然多是不切实际的幻想,但毕竟是在人清醒时的作为,是可以控制和引导的。弗洛伊德在里说,白日梦是人的本能的休息和放松机制。也就是说,白日梦基本上是健康的、安全的,不需要担忧,更不必有意抑制。尤其是青春期的少男少女,涉世未深,思想浪漫,对未来充满希望,三天两头做个白日梦更是没啥好奇怪的。

而对于饱经沧桑的成年人来说,偶尔哪天借着酒劲做一回白日梦,想想平时不敢想的事,来一回精神会餐,放松神经,调节情绪,倒也没啥了不得,甚至还会小有裨益。但如果天天沉浸在白日梦里不可自拔,幻想着升官发财,猎艳外遇,天上掉馅饼,出门捡元宝,那就是十足病态了。就像"一个鸡蛋的家当"的财迷那样"精打细算",实则愚不可及;就像诸暨那对夫妻那样,为幻想中的500万奖金大打出手,甚至闹到报警的地步,纯粹走火入魔。

白日梦是生活的一个小插曲,不可或缺,也不可太多,可以胡思乱想，但不能陷入太深。怎么去做白日梦，不妨听听流行歌曲《白日梦》里的歌词，或许会给我们一点启发：

"作个白日梦　作自信的我
背负理想穿越贪婪的诱惑
渴望的巅峰　靠我的双手
我梦　我想　我做
真实打造梦中的我……"

话说"暖男"

人性多贪婪，但男女贪婪的对象有所不同。一般来说，男性对金钱权势的贪婪要甚于女性，女性对夫君的奢望则要高于其他。男人对女人的要求，从古至今基本上就是一个标准：美女。而女子对男子的要求不仅贪心且多变，先是要求"型男"，继而要求"酷男"，再就是要求"富男"，后又提出要"暖男"。

前不久，十余位青春美女牵着两头可爱的羊驼出现在在杭州湖滨银泰门口广场寻找她们心中的暖男。美女们为了能把暖男吸引过来，给手中的小伙伴穿上衣服戴上眼镜，一向萌呆的羊驼一下子变得时尚起来。美女们靓丽外形与羊驼憨态可掬的形象吸引了无数行人驻足围观。

暖男，是指给人温暖的男人。暖男的评判标准是能够给人阳光般的感觉，没有纷繁喧哗的浮躁之气，也无浮夸不实的拜金质感，有的只是嘴角的一抹浅笑，眼眸的一丝柔情。你累了，他可以是能依托的厚实肩头；你烦了，他可以是你撒泼的出气筒；你想倾诉，他是你最忠实的听众；你郁闷了，他会不动声色地引你走出迷茫。羊驼作为一个可爱的物种，虽雅号并不好听，但它憨态可掬，温暖可爱，能吃苦耐劳，生命力强，美女们把羊驼当做暖男的"形象大使"再恰当不过了。

十六七岁时情窦初开的女孩子，最喜欢"型男"，即英俊帅气的男子。领军人物古有潘安、嵇康，近有刘德华、都教授，老外里有小贝、C罗。在《水浒》中，王婆对西门庆面授机宜，告诉他女人最喜欢的男人有五条标准"潘驴邓小闲"，其中潘就是潘安。

二十岁上下的姑娘，开始钟情"酷男"，也就那种是刻意耍酷，特立独行，与众不同的男性。他们有性格，有魅力，有棱角，有特点，有脾气，桀骜不驯，显得"坏坏的"，很有女人缘，也就是人们常说的"男人不坏，女人不爱"。中国的姜文，日本的高仓健，美国的罗德曼等，就是其中翘楚。

到了该谈婚论嫁时，房子、车子、票子的重要性迅速上升，"好脸蛋不会出大米"成为常识，"干得好不如嫁得好"成为口号，于是，型男、酷男渐被冷落，"富男"成为首选。他们的钱是多多益善，最好富可敌国，只要有这一条，甭管多老多丑，身边也会美女如云。房地产大鳄王石，传媒大亨默多克就是例子。

暖男的走红，既有些让人意外，也在情理之中。当年轻女性们生活阅历日增，或在情场摔过几个跟头，见识了太多不可靠的小白脸，冷漠无情的耍酷男，见异思迁的阔老板，最终醒悟到，过日子还是知冷知热、朴实无华的暖男最靠谱。

暖男们可能胸无大志，但会把妻儿老小照顾得无微不至；暖男们或许手头并不宽裕，但会把每一分钱都花到家人身上，而宁可自己委屈；暖男们一般都没那么浪漫，但扎扎实实过日子的劲头会让你舒舒服服；暖男们事业未必会那么成功，但永远不会让你有"悔教夫婿觅封侯"的烦恼；暖男若带出去可能不会为你增分，满足你在闺蜜面前的虚荣心，但你永远也不会有被人挖墙脚、勇斗小三的经历。

也有人幻想，自己的夫君最好是型男、酷男、富男、暖男兼而有之，既貌比潘安，又富如邓通，还要对自己百依百顺，呵护备至，那种概率小到就好比陨石落在脑袋上，做做白日梦也就是了，如果谁真以此为目标按图索骥，那你这一辈子注定要打光棍，不信就试试。婚姻的特质就是要有所舍取，求全责备的择偶标准只会自绝生路。

或问，到哪里去找暖男？其实，无须寻寻觅觅，上下求索，放眼四邻，那些默默无闻、死心塌地和老婆过日子的大都是暖男。

咱们缺点什么？

　　时下常听到有人很满足地说，如今咱们什么都不缺，该有的都有了。的确，豪宅有了，轿车有了，存款有了，电器有了，大片有了，名牌服装有了，金银首饰有了，大鱼大肉有了，高楼大厦有了，高铁动车有了，似乎能想到的都有了，可这都是物质层面的东西。如果从精神层面来说，细细反思一下，想想社会上那些不尽如人意之处，还是觉得我们缺了点什么。

　　缺点微笑。微笑是幸福、自信、满足的外在表现，也是一种良好的表情习惯。国人多内敛，不善微笑，过去日子紧巴巴，那是真笑不出来；如今生活好了，高兴了就应该笑出声。微笑，不要成本，无须训练，拜托了，请大家都绽开笑颜吧，微笑的表情会更动人。而无数个微笑的叠加，就会形成欢乐的海洋，和谐的家园。

　　缺点幽默。幽默可以美化生活，是食物中的调味品。幽默与心情和境遇有关，以我们今日的生活，日见闲适、富裕、自在，完全可以更幽默一些，而且这也没多少技巧，只要你想，就可以做到。譬如说，面孔不要总那么板着，语言不要总那么庄重，举止不要总那么拘谨，时不时开个玩笑，来个自嘲，说个不伤大雅的段子，来点戏谑诙谐的调笑，都会使平淡的生活放出异彩，使我们的心情溢满春风。

缺点淡定。浮躁、浅薄、急吼吼、忙乎乎、一触即跳、沉不住气，为一丁点事就大动肝火，是时下许多人的典型性格，这就叫戾气。戾气太重，火药味太浓，使人总处于紧张之中，会使幸福指数大打折扣。而必要的淡定，能使过快的生活节奏舒缓下来，能稀释剑拔弩张的戾气，还能使我们减少对物质享受的过分欲望，更注重心灵的享受。有了淡定的情怀，大家才能心平气和地携手共进，直面各种灾害和困难，脸上始终洋溢着祥和平静的表情。

缺点正气。具体表现在，一些人遇事讲利害而不论是非，论人看成败而不辨正邪；羡慕成功，而不论手段是否下作，眼红发财，而不管途径是否合法；遇事明哲保身，不敢发出正义之声，见义勇为的人越来越少。常可见到，在公共汽车上，一个盗贼作案，满车人噤若寒蝉，正不压邪。弥补之策，社会要大张旗鼓进行正气教育，每个公民都应努力培养正义感，法制、纪检部门应当依法严惩各种不法现象，决不让邪气嚣张，歹徒狂妄，要让正气上升，受人追捧，让恶有恶报、善有善报成为屡试不爽的社会效应。

缺点善良。如今，善良常被人看成是软弱无能的表现，作恶反被一些人奉为强者性格，在这样的社会风气浸淫下，拐卖孩子、恶意欠薪，坑蒙拐骗，食品造假，野蛮拆迁，绑架撕票等现象，不能说比比皆是，至少也是屡见不鲜，这些恶行固然都与道德或法律素质有关，但说到底还是心里缺少善良二字，倘若多少有点恻隐之心，也不会干出那些伤天害理的事。因而，与人为善的意识也应从孩子抓起，在全社会大力提倡，要让行善成为人人推崇的义举，让善良成为社会评判好人的重要标准，成为一个人的最基本美德。

人们为了身体健康，骨软的补钙，贫血的补铁，气亏的补肾，需要什么就补什么；社会也是一样，应当缺什么补什么，才能健康平衡地发展。就今日而言，我们急需补点微笑、幽默、淡定、正气、善良，把这几样补足补齐，人们幸福指数会更高，社会氛围会更和谐，安全感会更强，从而真正做到像海德格尔说的那样"诗意的栖息"。